慢慢学

Slow Learner

-

Thomas
Pynchon

[美国] 托马斯 · 品钦——————著
但汉松——————译

译林出版社

目　录

自 序

在我记忆中，这些故事写于1958到1964年之间。其中四篇是我在大学里写的——第五篇《秘密融合》（1964）才算像出自一个出师的学徒之手，而不是练笔之作。你可能已经知道，重读自己二十年前写的任何东西，都会对自尊心造成巨大打击，甚至包括那些付讫的支票。重读这些故事时，我第一反应是“噢，天哪”，同时还感受到了身体不适。我的第二个想法是彻底重写。这两种冲动还是被中年人的沉静压制了下来，我现在假装已经达到了一种清醒的境界，明白自己当时是怎样的一个年轻作者。我的意思是，我不能完全把这家伙从我生命里抹掉。另一方面，假如通过某种尚未发明的技术，我能和他在今日邂逅，我会乐意借钱给他吗？或者为了这次相逢，甚至愿意去街上喝杯啤酒，聊聊过去的事情？

我应该警告那些哪怕最善意的读者，这里有一些非常令人腻烦的段落，也充满了年少无知犯的错。同时，我最希望的是，尽管它们不时有点装腔作势，傻里傻气，设计不周，但让故事留着这些破绽是有用的，它们能说明那些刚入门的小说家会犯哪些典型的错误，提醒年轻作家最好避免某些做法。

《小雨》是我发表的第一个短篇小说。一个朋友在陆军服役两年，其间我正好在海军服役，是他提供了故事细节。飓风确实发生过，我朋友所在的陆军通信小分队承担了故事中所描述的任务。我对自己写作最不满意的东西，大部分都以萌芽和更为高级的形式体现在这里了。我当时没能认识到，首先，主人公的问题真实而有趣，本身就足以发展成一个故事。显然，那时我觉得必须额外加一层雨的意象，必须要用《荒原》和《永别了，武器》的典故。我那时写作的座右铭是“要有文学范儿”，这点子很糟糕，完全是我自己捣腾出来的，而且就照这么做了。

还有我糟糕的耳朵，同样令人尴尬，它们破坏了很多对话，尤其是结尾部分。我那时对不同地区口音的认识还很浅薄。我曾注意到军队的人说话都被同化成了一种美国乡村基调。没多久，从纽约来的意大利裔街头小混混说话听上去就像南方农村人了，佐治亚州的水兵休假回来后，抱怨没人听得懂他们说话，因为他们的口音就像是北方佬。我来自北方，听到的所谓“南方口音”其实就是这种在军队里通用的口音，而不是别的。我以为自己听到了弗吉尼亚东部老百姓把 /ow/ 音发成了 /oo/，其实我不知道在真正的南方民间，不同地方（甚至是弗吉尼亚的不同地方）人们说话的口音都大为不同。在当时的电影中，这个错误也很明显。具体来说，我在酒吧那一段的问题，不仅是我让一个路易斯安那州的女孩刚开始就用我没听真切的南方东部二合元音说话，更糟的是，我坚持使之成了情节的一个要素——它对于莱文而言很重要，所以对故事发展也如此。我的错误是，在自己还没一副好耳朵之前就去炫耀听觉。

在故事的核心，最关键、最令我不安的，是我的叙事者（他几乎等同于我，但不是我）处理死亡主题的方式非常糟糕。当我们说起小说的“严肃性”时，最终谈的其实是对死亡的态度——譬如人物面对它时会如何行事，或当它并非近在咫尺时，他们如何应对。所有人都知道这一点，但这个话题很少向年轻作家提及，可能是因为他们尚处于打磨技巧的年纪，这种建议提了也是白搭。（我怀疑奇幻小说和科幻小说之所以能吸引那么多年轻读者，其中一个原因就是这些书改造了空间和时间，人物可以轻易在时空连续体中任意旅行，因而得以摆脱身体面临的危险和时间流逝的定数，所以死亡也往往不是什么问题。）

在《小雨》中，这些人物在用未成年人的方式对待死亡。他们逃避：他们睡懒觉，用委婉语谈论死亡。当他们真的提到死亡时，就试着插科打诨。更糟的是，他们将之与性搅在一起。你们会发现在故事结尾，似乎发生了某种形式的性事，虽然从文本中难以确定。语言突然变得花哨难懂。也许这不仅仅是出于我年少时对于性的紧张。回想起来，我觉得这可能是出于整个大学时代亚文化中的一种普遍紧张。这是一种自我审查的倾向。这也是《嚎叫》《洛丽塔》和《北回归线》的时代，这些作品在当时激起了执法部门的过度反应。甚至在那时能读到的一些美国隐晦色情读物中，都会用极其夸张的象征手法去避免描写性行为。今天，这似乎都不再是问题，但在当时它确实是人们写作时能真切感受到的一种限制。

我现在觉得这个故事有趣的地方，并不是态度的老派和幼稚，而是其阶级视角。无论和平时期军队能有多少别的好处，它起码能对社会结构提供一种绝佳的观照。甚至对年轻人而言，有一点也很明显，即普通人生活中常常未获承认的等级差异在军队对于“军官”和“士兵”的区分中体现得格外明显和直接。人们惊讶地发现，那些受过大学教育、穿着卡其军装、戴着军衔徽章、肩负重要职责的成年人其实可能是白痴。而那些工人阶级出身的普通海军士兵，虽然按理说属于可能犯傻的那一拨，却更可能展现出才能、勇气、人性、智慧，以及其他受教育阶层自以为拥有的美德。虽然用的是文学术语，但“肥腚”莱文在这个故事中的冲突，其实是对谁忠诚的问题。作为一个1950年代不问政治的学生，我当时并未意识到这一点——但以现在的视角来看，我觉得当时的写作是出于一种两难的困境，在某种意义上，当时大部分作家都得应付这个问题。

从最简单的意义上说，它与语言有关。我们受到了各个方向的鼓舞——凯鲁亚克和“垮掉派”作家，索尔·贝娄在《奥吉·马奇历险记》中的用词，还有那些初露头角的作家，像赫伯特·戈尔德和菲利普·罗斯等——从他们身上，我们发现在小说中至少允许同时存在两种非常不同的英语。居然允许！那样去写其实没问题！可当时谁知道呢？这种影响令人振奋，它使人获得解放，给人强烈的鼓舞。它并不是两选一，而是扩展了可能性。我认为我们并未有意识地去探索如何将之综合起来，虽然也许我们本应如此。大学生和蓝领工人在政治上并未成为同路人，这一点使得1960年代后期“新左派”的成功受到了限制。其中一个原因，就是这两个群体在交流方式上，存在着真实而隐形的阶级力场。

当年，这种冲突就像大部分其他事物一样，悄无声息地进行着。它在文学中形成的对立，就是传统小说与“垮掉派”小说的对立。虽然相距遥远，但我们时常听闻的一个事件就发生在芝加哥大学。譬如，那里有一个文学理论的“芝加哥学派”，广受瞩目和尊敬。与此同时，《芝加哥评论》发生过一次大震荡，催生了支持“垮掉派”的《大桌》杂志。“芝加哥发生的事”成了某种无法想象的颠覆性威胁的简称。当时还有很多其他类似的争论。为了抵抗传统的强势力量，我们当时喜欢向着圆心之外去运动，那些吸引我们的东西，有诺曼·梅勒的散文《白种黑人》，有随处可见的爵士乐唱片，还有一本书，我仍然相信它是伟大的美国小说——杰克·凯鲁亚克的《在路上》。

还有一种次要影响（至少对我而言），就是海伦·沃德尔的《流浪的学者》，它在1950年代初重印，讲述了中世纪大批年轻诗人们离开修道院，走到欧洲街头，以歌唱的方式欢庆他们在学术院墙之外发现的广阔生活天地。考虑到当时大学的环境，这其中的影射并不难想见。其实并不是说大学生活枯燥乏味，而是因为那些底层另类生活的信息不断隐秘地渗透进大学的常青藤，我们开始感觉到校园外另一个嗡嗡作响的世界。我们中有些人无法抵抗诱惑，就离开了大学，去外面见识世界。其中相当一些人又回到大学，带着第一手见闻去鼓动另外一些人也如此尝试——1960年代的大学生退学潮就是由此发端。

我与"垮掉派"运动只有萍水之交。与其他人一样，我常常泡在爵士俱乐部，小心享用着两杯啤酒的最低消费。我晚上戴着角质镜架的太阳镜，去参加阁楼派对，那里的女孩们都穿着奇怪的衣服。我很喜欢听那里各种各样的大麻笑话，虽然当时这种笑话讲得多，但那种东西其实很难弄到。1956年，在弗吉尼亚的诺福克，我溜达进一家书店，发现了《常青评论》的创刊号，这是当时"垮掉派"艺术的早期论坛。它让我大开眼界。我当时在海军服役，但早已知道人们会在甲板上围坐成一圈，演唱那些早期摇滚歌曲（有些唱得特别好），他们敲着邦戈手鼓，吹着萨克斯管，当"大鸟"[1]去世时，以及后来克利福德·布朗[2]去世时，他们是真心感到悲痛。重返大学后，我发现学术圈的人对当时那期《常青评论》的封面非常警惕，更别说里面的内容了。似乎有些搞文学的对"垮掉的一代"颇有成见，就像我所在军舰上某些军官对待埃尔维斯·普雷斯利的态度一样。他们曾经问舰上那些似乎懂行的人——譬如发型像埃尔维斯的人。"他想说什么？"他们气急败坏地问，"他到底想干什么？"

我们当时处于一个转折关口，那是一个向"后垮掉派"过渡的奇特文化时代，我们在信仰上四分五裂。就像波普和摇滚完全不同于摇摆乐和战后流行乐那样，这种新的写作方式和我们当时在大学读到的那些更为正统的现代主义传统相去甚远。不幸的是，我们并没有什么选择余地。我们是旁观者：游行队伍已经走了过去，我们得到的一切都是二手的，消费的是那个时代的媒体提供给我们的东西。这并未妨碍我们采取“垮掉派”的姿态，运用他们的道具，并最终作为“后垮掉派”更好地去理解怎样以一种正常而合适的方式，确认我们所希望相信的美国价值观。当十年后嬉皮士开始复兴时，我们一度感到了某种怀旧和肯定。“垮掉派”的预言家被重新抬了出来，人们开始在电吉他上弹奏中音萨克斯的爵士重复段，东方的智慧又开始成为时尚。一切都没变，只是今非昔比。

然而，就消极的一面而言，这两种运动都过分强调了青春，这包括过度追求新花样。当然，那时的我虚度了青春，但重拾这个关于懵懂青春的视角，是因为除了那些对性和死亡的不成熟态度，我们还可以发现，某些幼稚的价值观会轻而易举地潜入故事里并毁掉一个原本值得同情的故事人物。《低地》中的丹尼斯·弗兰吉就是这样一个不幸的例子。某种意义上，它更像是人物速写，而不是故事。老丹尼斯并未在岁月中“成长”。他不爱动弹，却非常喜欢绘声绘色的异想天开，故事就讲了这么多。也许焦点明晰了，却没有解决问题，故事里也没有太多情节变化或生活内容。

现在大家都知道，尤其是对女人而言，很多美国男性（甚至那些看上去已属中年的），虽然西装革履地上班，实际上（尽管这听上去不可思议）内心深处还是小男孩。弗兰吉就是这一类型的人物，虽然写这个故事时，我倒觉得他挺酷的。他想要孩子——原因并未说明——却不愿承担与成年女性真正共建生活的代价。他的解决之道是尼莉莎，一个身材和举止都是孩子模样的女人。我记得不太真切了，但似乎我当时希望含混一些，不去言明她是否只是他幻想出来的。人们很容易认为丹尼斯的问题其实是我的问题，我借他来解愁。怎么说都行——但这个问题可能更具普遍性。那时，我对婚姻和为人父母都没有切身体验，也许我想表现当时社会上流行的种种男人心态——说得更具体些，就是男士杂志里的那一套，尤其是《花花公子》。我并不认为这份杂志只是出版人私密价值观的投射：假如美国人对这种价值观没有广泛共识，《花花公子》很快就会倒闭，淡出人们的视野。

很奇怪的是，我起初并未打算将《低地》写成丹尼斯的故事——他本该是给匹格·博丁做笑料的配角。这个病态的水兵在真实生活中有个原型，他才是我创作的起点。当时我在海军服役，从船上的一个枪炮军士长副官那儿听来了这个蜜月故事。我们在弗吉尼亚州的朴次茅斯执行海岸巡逻任务，巡逻区是造船厂周围的一片荒芜地带——铁丝网栅栏和铁路支线——那里晚上很冷，外面也没有那些表现不端的水兵需要我们去管。所以，作为年长的巡逻队员，我的同船战友就承担起讲海上故事以打发时间的责任，而这个故事就是其中之一。他自己在蜜月期间的遭遇，就成了我搁在丹尼斯·弗兰吉身上的事。让我觉得特别有趣的，倒不是故事本身，而是想到任何人都可能做出那样的举动。事实上，我搭档的酒友在很多海军逸事中都有提到。他在我之前调到了某个岸上岗位，那时他已是传奇人物。我最终在退役前见到了他。那是一个清晨，我在诺福克海军基地一个军营外集合。见到他的那一刹那，我还没听他点名答到，我发誓是一种奇特的第六感，让我知道了他是谁。我不想过度渲染那个时刻——但是因为我仍然非常喜欢匹格·博丁，从那之后在小说中数次写过这个角色，所以回想起我们彼此居然以这种怪异的方式相遇，还是让人挺开心的。

这个故事中过分的种族主义、性别主义和原始法西斯主义的对话会让现代读者至少觉得有些不爽。我倒希望这仅仅是匹格·博丁的声音，但不得不说，它也是我自己当时的声音。现在我只能说，对那个时代而言，它很可能相当真实。约翰·肯尼迪的榜样詹姆斯·邦德即将把第三世界人民打得屁滚尿流，并借此声名大噪，这种故事就是我们很多人小时候读的男孩冒险故事的延伸。这里存在着一套想当然的定见和歧视，它们一度悄无声息地流行，却无人质疑。多年以后，在 1970 年代的电视剧里，有个叫“阿尔奇·邦克”[3]的角色很好地诠释了这一点。种族差异可能实际上并不像金钱与权力的问题那么核心，但却颇有利用价值，常常能对那些借种族议题去口诛笔伐的人士最有好处，因为这样就能让我们保持分裂，从而也变得相对贫穷和无力。不过，话虽如此，这个故事中的叙事者一直是个自以为是的蠢货，他毫无自知之明。对此，我要道歉。

尽管我现在觉得《低地》写得不对胃口，但这和我看《熵》时的悲凉心情完全无法相提并论。这个故事犯了一个程序上的典型错误，初学写作的人常被警告不要做这种傻事。主题先行，或用象征及其他抽象的全局之物先行，然后试图让人物和事件都与之保持一致，这套做法根本不对。相比之下，《低地》里的人物虽然在其他方面有问题，但至少是我的出发点所在，至于理论，那是后来才有的，为的是让这部作品显得有书卷气。否则，它可能就不过是关于一帮讨厌的家伙如何在解决人生麻烦时遇到挫折，可谁又需要看这种玩意呢？所以，我硬加了一些关于神话和几何学的大词。

因为这个故事被几本文学选集所收录，所以人们就以为我对“熵”这个话题知之甚广。其实并非如此。甚至连一贯严谨的唐纳德·巴塞尔姆也在一次杂志采访中，认为我对该领域有着某种特别的理解。其实，根据《牛津英语词典》的解释，这个词是1865年由鲁道夫·克劳修斯参照“能量”一词发明的，后者在希腊语中是“功—含量”之义。人们引入“熵”，即“转换—含量”，是用来描述热机在一次正常循环中的变化，这里的转化，指的是“热”变成“功”。假如克劳修斯按照他的母语德语称之为“Verwandlungsinhalt”，那么它的影响力就会完全不同。事实上，熵的概念在接下来的七八十年里并未被滥用，但之后就被一些传播学理论家借用，还赋予其复杂的宇宙道德意蕴，这种用法的影响一直持续至今。我读《亨利·亚当斯的教育》时，刚好也读了诺伯特·维纳的《人有人的用处》（这是他为感兴趣的非专业读者写的，从那本更专业的《控制论》改编而来）。这个故事的“主题”基本上源自这两个人所要表达的东西。那时，我心仪的一种姿态——我猜这在未成年人中相当普遍——就是对任何大规模毁灭或衰败怀有一种阴郁的喜悦。事实上，现代的政治惊悚题材利用的就是这种死亡视角，这里的死亡规模很大，或充满诱惑力。考虑到我念本科时的那种心态，亚当斯所言的失控的权力与维纳的普遍热寂和数学静止的奇观，似乎就成了我创作的钥匙。但是这个高蹈的主题太宏大，使得我在人物塑造上力有未逮。我觉得他们最后变得很做作，不够生活化。故事里描述的婚姻危机就像弗兰吉夫妇那样，再次被过度简化了。这个教训，就如迪奥常说的那样，可悲而真实：我弄得太概念化，太滑头和牵强，于是人物就死在纸上了。

我一度担心自己只用温度来建构这一切，而不是能量。后来读了更多这方面的东西，我渐渐意识到这个策略并不太糟。但不要低估我对这一概念的肤浅理解。譬如，我选择华氏 37 度作为平衡点，因为摄氏 37 度是人的体温。狡猾吧？

而且，其实并非所有人都对熵抱以悲观的看法。再从《牛津英语词典》中举个例子，克拉克·麦克斯韦和 P. G. 泰特对这个词的理解，就和克劳修斯相反（至少一度如此）：熵是用来衡量可用于做功的能量，而不是无法用于做功的。一个世纪前，美国的威拉德·吉布斯对这个特性做了理论上的发展，以图表形式，用熵来帮助普及推广热力学，尤其是热力学第二定律。

现在这个故事让我吃惊的，并不是它体现了热力学意义上的悲观，而是它反映了一些人对 1950 年代的看法。我想这是我当时所写的最具“垮掉派”气质的故事，虽然我当时觉得自己是用二道贩子的科学知识来升华“垮掉派”精神。我是 1958 年或 1959 年写的《熵》——当我在故事中用“当年”这种字眼来谈及 1957 年时，有点讽刺之意。在那个时代，每一年都很相似。1950 年代最坏的影响之一，就是让那些成长于这个年代的人们相信它是永恒的。那时的约翰·肯尼迪不过是一个发型古怪的国会新星。在肯尼迪出名之前，那个时代到处弥漫着一种迷茫感。当艾森豪威尔当选后，这一切似乎没理由不继续下去。

写了这个故事之后，我一直试着去理解熵，但是我读得越多，对于它的理解就越没有把握。我可以读懂《牛津英语词典》的释义，理解艾萨克·阿西莫夫的解释，甚至还懂一些数学，但是质量和数量不能在我头脑中结合成统一概念。让我聊感欣慰的是，吉布斯本人也预料到了这个问题，他说熵用书面形式来表达是“牵强附会的……含糊而难以理解”。当我现在思考这个特性，愈发觉得它与时间有关，即所有人都必须遵守的单向度人类时间，据说这种时间的终点是死亡。有些过程，不仅仅是热力学上的，也包括那些医学性质的过程，通常无法逆转。我们迟早会从内部发现这一点。

当我写《熵》时，基本上没有想到这些。我更关心的是在纸上犯下各种滥用之错，譬如过度堆砌语言。我不想详细讨论这些故事中出现的过度堆砌，只想提一下我看到“卷须”[4]一词频繁出现时有多么难过。我甚至都不确信什么是“卷须”。我想这词是从T.S.艾略特那儿学到的。我本人对于“卷须”并没有厌恶之情，但对这个词的滥用，却很好地说明了过度雕琢辞藻可能出现的后果。这个建议别处也有人经常提起，也讲得更加生动，但我当时具体的错误做法居然是浏览同义词词典并从中挑出那些听上去很酷、时髦或可能起效的词（效果就是让自己看上去很厉害），而且还懒得去字典里查查它们究竟是什么意思。听上去很愚蠢吧？确实如此。我之所以要提这些，只是希望其他人能从我的错误中吸取教训，没准就在我们说话这会儿，都有人在这样做。

这个无偿建议，也适用于我们对信息的使用。所有人都被告知，写稿子要写他们熟知的东西。而很多人的问题在于，我们年轻时认为自己了解一切——或者说得更明白点，我们通常意识不到自己的无知有多大、多深。无知并不是人类脑图中的空白，它有轮廓线和连贯性，而且据我所知，还有自己的行动法则。所以，从“写自己熟知的领域”我们也许可以得出一个推论，即要了解自己的无知，了解其中有哪些因素可能糟蹋一个好故事。歌剧剧本、电影和电视剧可以犯各种细节错误。在电视机面前待久了，作家就以为写小说时同样也能如此。可这么想是错的。编造一些我不知道或懒得去了解的细节，这并非绝对的错误，我自己现在也还会这么干，但是虚假的信息通常要被用在一些关键之处，这样它们才会失去故事语境之外所具有的细微诱惑。以《熵》为例，我试图在卡里斯托这个人物身上塑造出一种厌世的中欧人的感觉，并用到了“grippe espagnole”这个短语。我在一张斯特拉文斯基《士兵的故事》的唱片封套说明上看见了这个词。我当时一定以为这是第一次世界大战以后的某种精神疾患。后来我发现，它就是字面意义所指的“西班牙流感”，我顺手牵羊的典故其实指的是战争之后世界范围内的流行性感冒。

这里的教训很明显，但时常被大家忽视，那就是要核实信息，尤其是那些随意获取的信息，譬如道听途说来的，或从唱片封底看到的。毕竟我们已经进入了一个新时代，至少原则上说，每个人只需要在电脑上敲几下键盘，就能分享无限庞大的信息。再也没有任何借口去犯那些愚蠢的小错误。我希望这也会让人们更谨慎，不要以为能神不知鬼不觉地盗用数据。

文学上的偷窃是一个有趣的话题，就如刑法条例规定的，存在不同等级，其程度从剽窃到单纯效仿，各有不同，但所有这类行为都是违规的。另一方面，假如你并不相信原创性，认为所有作家都有向别人“借用”，那么还存在是否标明出处的问题。直到写《玫瑰之下》（1959）时，我才承认（哪怕间接地）故事的主要“信息源”是以卡尔·贝德克尔命名的导游手册，里面介绍了 1899 年的埃及。

我在康奈尔的合作社商店里看见了这本书。整个秋天和冬天我都处于写作瓶颈期。我上了巴克斯特·哈瑟韦的创作研讨课。他那个学期刚休完假返校，我对他一无所知，非常怕他。这门课上了一段时间，我什么都没交。“别这样，”大家建议我说，“他人不错，别担心。”他们是在开玩笑吧？这可是个大问题。最后，学期过了一半时，我收到了一封邮件，写在那种卡通贺卡上，图上是一个厕所隔间，画满了涂鸦。“你已经练习得足够久了——”打开卡片，上面写道，“现在就写！”署名人是“巴克斯特·哈瑟韦”。当我在收银台交钱时，我是否可能潜意识地在计划从这本褪色的红书中劫掠出一个故事的内容呢？

威利·萨顿[5]还能不打劫保险柜？我确实打劫了贝德克尔的导游手册，盗用了我从未去过的时代和地方的所有细节，一直细到那些外交团的名字。谁会编出一个像“凯文胡勒－梅奇”这样的名字呢？为了避免其他人像我当年和现在这样痴迷此术，请容我指出一点：在创作故事时，这是一种糟糕的做法。这里的问题和《熵》是一样的：从某种抽象之物出发——热力学的杜撰或导游书上的信息——然后再去经营情节和人物。按照我们这一行的说法，这根本就是本末倒置。没有对人类现实的积淀，你的作品就可能再次变成青涩的试笔，而不幸的是，这个故事看上去正是如此。

我当时还会以更不易觉察的方式来偷，或者说“改编”。我从小就读了很多间谍小说、阴谋小说，尤其是约翰·布肯[6]的作品。现在他的作品中唯一一本大家还耳熟能详的，就是《三十九级台阶》，其实他还写了六七本至少和这本书一样好甚至更好的作品。它们都存在我家乡的图书馆。我还读了 E. 菲利普斯·奥本海姆、海伦·麦克因斯、杰弗里·豪斯霍尔德等作家的书。最后他们集合起来，在我简单的脑海中形成了两次世界大战之前波谲云诡的历史图景。在这样的历史中，出现最多的不是政治决策和官方文件，而是躲藏隐遁、暗中监视、虚假身份和心理游戏。很久之后，我读了两本对我影响至深的书，埃德蒙德·威尔逊的《去芬兰车站》和马基雅维里的《君主论》。它们帮助我找到了这个故事背后一个有趣的问题——历史是个人的，还是统计意义上的？我那时的阅读还包括了很多维多利亚时代的作家，让第一次世界大战在我的想象中成了迷人的可恶之事，这种末日决战的情景让青少年非常痴迷。

我无意于贬低另一点，即我们共同的噩梦“炸弹”，它也是一个创作因素。在1959年时它就很可怕了，现在则更糟糕，因为其危险程度在与日俱增。这种害怕并不是潜意识的，无论当时还是现在。除了那帮1945年后掌权（包括控制这个炸弹的权力机构）的疯邪之人，我们大部分人就如同可怜的羔羊一般，沉浸在简单而相同的恐惧中。我想我们都在试图应对这种累积的无助和恐惧感，而应对之策却寥寥无几，要么就是不去想它，要么就是被它逼疯。在这两个无能的极端之间，还有一种办法，就是写关于它的小说——正如这里尝试的，小说带我们去一个更五彩斑斓的时空，偶尔也能聊作慰藉。

所以，哪怕仅仅是出于脆弱而美好的初衷，和更早的那些作品相比，我并没有多么讨厌《玫瑰之下》。我认为其中的人物塑造要更好一些，他们不再仅仅是躺在停尸台上，而是至少开始颤动起来，并且睁开了眼睛。不过，由于我对声音的把握一直很糟，所以他们的对话仍然有瑕疵。多亏了公共广播公司的不懈努力，现在所有人对英式英语中那些最微妙的差别都已耳熟能详。而我当年不得不依靠电影和广播，但作为资料来源，它们并非百分之百可靠。那些像“pip-pip”和“jolly-ho”这样的俚语就是如此得来的，可对于现代读者而言，它们显得刻板而虚假。读者的失望也许还另有原因，那就是由于约翰·勒卡雷这种大师的存在，此类的文学作品很难写得更好看。时至今日，我们期待的是复杂的情节和立体的人物，而这些在我的笔下都没有。它里面大部分都是我故意安排的追击场景，我对这些一直乐此不疲——我无法舍弃这种幼稚的爱好。我希望有“哔哔鸟”[7]的卡通片永远都不会从电视上消失。

细心的莎迷会注意到，“泼潘提恩”这个名字是从《哈姆雷特》第一幕第五场中借用而来。它是“豪猪”[8]这个词的古体形式。“莫德威尔普”是古日耳曼语中的“鼹鼠”——是动物，而不是内奸。我当时想，用两种可爱含混的动物来命名人物，然后让他们为欧洲的命运拼个输赢，这会是一种聪明的做法。这个名字还有一个并非刻意的用典出处，那就是格雷厄姆·格林当时刚出版的小说《哈瓦那特派员》，里面有个被逼上贼船的间谍，名字就叫“伍尔摩”[9]。

另一个对《玫瑰之下》有影响的，是超现实主义，但当时我刚接触到，所以未能像日后这样对之大肆运用。我那时选了一门现代艺术课，真正让我感兴趣的就是超现实主义流派。但是因为我几乎没有办法进入自己的梦中之境，所以无法参透这个运动的要义；相反，我很痴迷这样一种简单的想法，即可以在内部世界将那些通常状况下无法同时觅得的东西组合起来，从而产生一种无逻辑的震撼效果。我后来不得不吸取的一个教训是，在这样做时需要非常小心谨慎：任何传统的细节组合方式都不会奏效。小斯派克·琼斯（他父亲录的交响乐唱片曾经对童年的我有过不可磨灭的影响）曾在一个访谈中说：“人们并未意识到，在父亲的音乐中存在一个规律：当你用枪声来代替升C调，那么它就得是升C调枪声，否则听上去就会很糟。”

我在这一点上做得甚至更糟，从《秘密融合》中很多旧货店般或随意组装的场景中就可以看出来。但是因为我对这个故事的喜欢胜过厌恶，所以有时候我会将之归咎于记忆里往事堆积的方式。就像《低地》那样，这是一个关于故乡的故事，是我少有的几次尝试直接写我童年时代的风景和体验。我曾误以为长岛是一个毫无特色的巨大沙洲，没有历史，让人想离得远远的，毫无归属之感。有趣的是，在这两个故事中，我在那些曾觉得一片空白的空间里架设了很多复杂的地理地貌。也许我觉得这样就能让这个地方显得更具异域风情。

我不仅仅让长岛的空间更为复杂，还在将整个地区画出一道线，然后把它撬起来，全部迁移到了我从未去过的波克夏。这又是我玩过的贝德克尔式花招。这一次，我的细节来源是波克夏的当地导游手册，那是1930年代公共事业振兴署的联邦作家项目的产物。那一套关于各州和地区的书都非常好，现在在图书馆也许还能找到。阅读这些书很长知识，也很令人愉悦。事实上，这本关于波克夏的书中有些东西实在是非常好，细节丰富，感情真挚，我在盗用时甚至感到很羞愧。

我现在已经搞不懂为什么当时要这样移花接木。将个人经历转放到别的环境中，这种做法至少可以追溯到《小雨》。其中一个原因，是因为我当时对那些“太有自传色彩”的小说很不欣赏。不知从何时起，我就有了一个认识，那就是个人生活与虚构作品毫无干系，虽然所有人都知道实际上并非如此。而且，我周围有很多反面的证据，不过我却故意视而不见。彼时和现在能打动我、令我愉悦的小说，无论是否出版过，都恰恰是那种从现实生活的共有层面、从深处去发掘和撷取（这并不容易）的东西，是小说家使之熠熠生辉、真实无比。我当时根本不理解这一点，哪怕只是简单的理解，对此我觉得很羞愧。也许，这让我付出了不菲的代价。无论如何，我这个傻小子当时只是更喜欢那些花哨的脚法。

也许这其中还有另一个因素，那就是幽闭恐惧症。当时不止我一个作家觉得需要伸展手脚，需要走出来。这也许归因于我们当时在学院里感受到的闭塞感，它使得美国式传奇历险变得分外诱人，而在我们看来，“垮掉派”作家过的正是这种生活。各种领域和时代的学徒们都急不可耐地想出去闯荡一番。

写《秘密融合》时，我就开始进入了这一阶段。我已经发表了一部小说，觉得自己有了一技之长，但我平生第一次感觉到自己应该闭上嘴，去倾听周围的美国声音，甚至应将目光从那些纸质的素材中挪开，去注视无法用言语表达的美国现实。我最终出发上路了，去拜访凯鲁亚克写到的地方。那些小镇、灰狗大巴车的声音和廉价旅店就进入到这个故事中，我对此还是挺满意的。

我并不是说它很完美，明白吗，根本不是这样。比如说，孩子在有些地方显得不够聪明，和 1980 年代的孩子完全没法比。我也能轻易看出这个故事中对超现实主义的运用很笨拙。尽管如此，我还是无法想象这里面有些东西是我写出来的。在过去的一二十年里，肯定有某些精灵溜了进来，然后对它动了手脚。但是，从我起伏的学习曲线上可以清楚看到，我很难指望自己在这个积极或专业的方向上持续太久。我接下来写了《拍卖第 49 批》，它在上市时被标成了“小说”，我在这本书中似乎忘记了大部分我认为自己当时已学到的经验。

更可能的解释是，我对最后这个故事的感情，大部分源于我对这一生活阶段的简单怀旧，怀念这个似乎正在崭露头角的作家，他有自己的坏习惯和傻理论，有时会在沉默中酝酿，并从中发现一些关于写作的启迪。毕竟，年轻人最吸引人的地方，就是改变，不是定型人物的静态照，而是电影，是流动中的灵魂。也许，对于过去的这一点点眷恋，不过就像是弗兰克·扎帕[10]说的那样，只是一帮老家伙闲坐在那儿玩摇滚。但正如我们知道的那样，摇滚永远不死，而教育也如亨利·亚当斯常说的那样，永远都在继续。

小　雨

屋外，连队的营地被阳光慢慢地炙烤。空气湿漉漉的，一动不动地悬着。阳光洒在营房周围的沙地上，亮得有点晃眼，这里正是连队的无线电分队所在地。屋里没什么人，只有一个勤务兵懒洋洋地靠着墙抽烟，还有一个疲惫的身影静静躺在行军床上，读着一本平装书。勤务兵打了个哈欠，朝外面滚烫的沙地吐了口痰。行军床上的那人叫莱文，他翻了一页书，重新摆了摆头下的枕头。某个地方有只硕大的蚊子正贴着玻璃窗嗡嗡叫，而在别处有台收音机调到了利斯维尔的摇滚电台。屋外的吉普车和载重卡车一直在发出隆隆声，不停地来回急驶。这里是路易斯安那州的罗奇堡，时间大约是 1957 年的 7 月中旬。“肥腚”内森·莱文，三连技术兵，已经连续 13 个月被分到同一个营，同一个连，同一张床，很快就要到 14 个月了。在罗奇这样的军事基地里，普通人更容易被逼得自杀，或至少精神失常；实际上，根据军方一些闪烁其词的统计，这也并非虚言。但莱文可不是普通人，和那些为了退役而拼命装疯的不同，他是少数几个真正喜欢罗奇堡的人。他已经潜移默化地变成了本地人：他刺耳的布朗克斯口音已经变得低沉而柔和，开始慢吞吞地拉长调子讲话；他已经觉得自酿的威士忌酒（通常要么是纯的，要么混着当时连队的可乐贩卖机里出来的那玩意）在某种意义上不亚于加冰块的苏格兰威士忌；他如今也喜欢在附近镇上的酒吧里听乡村乐队，那如痴如醉的样子就像当年喜欢“鸟园”[11]的莱斯特·扬或格里·马利根一样。他身高六英尺多，并不壮，在市里男女合校的地方，他这身板曾被称为是耕田小伙的体格，瘦削而结实。不过，他三年都没怎么干重活，后来就变得皮松肉懈，现在有了小啤酒肚和肥圆的屁股。他对啤酒肚倒是颇自豪，对绰号中的大屁股就没那么喜欢了。

勤务兵把烟屁股弹到外面的沙地上，说道：“看谁来了。”

“如果是将军，就告诉他我在睡觉。”莱文说。他点了根香烟，打着哈欠。

“不是，”勤务兵说，“是特温克图斯。”他靠回墙上，闭上眼睛。门口传来了细碎的脚步声，有人用弗吉尼亚口音说道：“卡布奇，你这个窝囊废。”勤务兵睁开眼睛。“去你的。”他说。进来的特温克图斯·杜根是连里的干事，他走近莱文时，不怀好意地噘着嘴巴。“这本黄书你看完了要给谁啊，莱文。”他说。莱文正在用自己头盔的衬垫做烟灰缸，他弹了弹香烟。“我想是美国大兵吧。”他笑着说。杜根噘着的嘴抿成了一条细线。“中尉想见你，”他说，“赶紧抬起你的大屁股，去连队办公室一趟。”莱文又翻了一页，开始往下读。“快点儿。”连队干事说。莱文微微一笑。杜根是被征召入伍的。他在弗吉尼亚大学读了两年就退学了，就像很多连队干事一样，他有点像施虐狂。杜根还有很多别的优点。比方说，他认为以下是不证自明的真理:“有色人种进步委员会”就是共产主义小集团，目的是为了促成白人和黑人百分之百的通婚；弗吉尼亚绅士实际上是“超人”，他终于降临人间，却被纽约犹太人的阴谋诡计所陷害，所以不能实现自己的崇高使命。他和莱文不太合得来，主要是因为后者。

“中尉想见我，”莱文说，“别告诉我你已经拿到了我的请假函。见鬼——”他看了看手表，“才刚过十一点。恭喜你，杜根。提前了五个半小时。”他崇拜地摇了摇头。杜根得意地笑了。“我觉得不是关于你的请假。事实上，那件事你可能还得等上一阵子。”

莱文放下书，在衬垫中把烟拧灭。他抬头看了一下房顶。“天哪，”他小声说道，“我又是做了什么。别告诉我他们要把我关起来。别又这样。”

“距离你上次受罚才过了一两个星期，不是吗？”干事说。莱文知道这种小伎俩。他原以为杜根早就放弃了那种拿事情吓唬他的做法，但是他觉得像杜根这种家伙，是不会改的。“我要说的就是，从床上爬起来吧。”杜根说。他在说“起”这个字时，故意拉成长元音，这让莱文很恼火。他拿起书读了起来。“好吧，”他说着就敬了一个礼，“回去吧，白人兄弟。”杜根瞪了瞪他，最后还是走了。他在出去时好像被勤务兵的M1步枪绊了一下，因为传来碰撞声，卡布奇说:“天哪，你这个兔崽子真是笨手笨脚的。”莱文合上书，对折一下，翻过身子，把书塞进屁股口袋。他躺了一两分钟，看着地上的蟑螂沿着某个秘密的迷宫路线爬来爬去。最后，他打了个哈欠，从床上爬起来，把衬垫中的烟蒂和烟灰倒在地板上，然后将头盔斜戴到头上，遮住眼睛。出去时，他掐了一下勤务兵的脑袋。“怎么的？”卡布奇说。莱文眯着眼看了看屋外凝重而刺眼的天色。“唉，又是五角大楼，”他说，“就是不让我闲着。”

他懒洋洋地走过沙地，朝连队办公室所在的建筑走去，觉得阳光已经穿透了钢盔衬帽。这座建筑物的四周是一小圈草地，这也是连队营地唯一有草的地方。他的前面和左边，都是在食堂门口排队准备趁早吃午饭的人。他拐上通往连队办公室的石子路。他本以为杜根会在外面，或者至少站在窗口瞄着他，但当他走进办公室时，干事正坐在后面的桌子边忙着打字。莱文倚住中士办公桌前的栏杆。“嗨，中士。”他说。中士抬头看了一下。“你到底跑哪儿去了，”他说，“在读黄色小说？”“对的，中士，”莱文说，“我是为了当上中士才研究这个的。”中士皱了皱眉。“中尉想见你。”他说。

“我听说了，”莱文说，“他在哪儿？”

“在活动室，”中士说，“和其他人在一起。”

“怎么了，中士，出什么事了？”

“进去就知道了，”中士不耐烦地说，“天哪，莱文，你早就该知道，从来没人会对我透露什么的。”

莱文离开连队办公室，绕过这幢建筑，往活动室走去。透过纱门，他能听见中尉正在说着什么。他推开门。中尉和十几个 B 连的一等兵以及技术兵围在桌前，或坐或站，看一张留着咖啡杯印渍的地图。“迪格兰迪和西格尔，”中尉说，“里佐和巴克斯特，”他抬头看见莱文，“莱文，你和皮克尼克一起。”他胡乱折起地图，放进裤子的后口袋里。“都弄明白了吧？”众人点了点头。“好的，一点钟以前就没别的事了。到时候把卡车从车队里开出去。我会在查尔斯湖和你们碰头。”他戴上帽子走了，身后的纱门重重地摔了一响。“喝可乐的时间到了，”里佐说，“谁有烟？”莱文坐在桌子上，说道：“出什么事了？”

“哎呀，天哪。”巴克斯特说，他是个乡下孩子，头发带点金色，来自宾夕法尼亚，“欢迎来到俱乐部，莱文。又是那些法国佬。他们总竖各种标语，就像‘狗和军队不得靠近草地’这种玩意。可一旦出了芝麻绿豆大的事，他们会向谁哭救呢？”

“当然是向——”里佐说，“第131通信营。”

“我们一点钟要去哪儿？”莱文说。皮克尼克从坐的地方站了起来，朝可乐贩卖机走去。“去查尔斯湖边上的某个位置，”他说，“他们遇到了暴风雨。电线出了故障。”他塞进去一个硬币，和往常一样，毫无反应。“B连要去抢修。”他的声音变得柔情似水。“别这样，宝贝。”他对着可乐贩卖机说，然后狠狠踢了一脚，还是没反应。“注意，别把它踢倒了。”巴克斯特说。皮克尼克在贩卖机上选好几个位置，然后捶了几下，只听咔嚓一响，两股水流了出来，一股是苏打水，一股是可乐糖水。在它们就快流完之前，一只空杯子掉了下来，杯身沾满了糖水。“嗬，天哪，你太帅了。”皮克尼克说。“它就爱发神经。”里佐说，“这天把它热疯了。”他们聊了一会，八卦了一些关于路易斯安那的法国佬和部队的话题，抽着烟，喝着可乐，直到最后莱文站起身，双手插进兜里，挺起肚子。“好了，”他说，“我想我得去收拾一下。”

“等一下，”皮克尼克说，“我和你一起走。”他们走出纱门，沿着石子路走回无线电小分队营房前的沙地。他们拖着步子穿过沙地，汗水直淌，空气中一丝风都没有，阳光炙热。“从来就没个消停，本尼。”莱文说。“唉，天哪。”皮克尼克说。他们用防御行进步[12]晃进营房，当卡布奇问发生什么事时，他们同时向他竖起中指，配合默契，就像是一对杂耍组合。

莱文拿出他的洗衣包，开始将工作服、内衣裤和袜子扔进里面。他最后放进去的是剃须包，然后又突然想起了什么，将一个蓝色的旧棒球帽塞了进去。他站在那里皱了皱眉头，然后说道:“嘿，皮克尼克。”

“唷。”皮克尼克在营房的另一头答道。

“我没法参加这个任务。我的休假是从四点半开始。”

“那你干吗收拾东西？”皮克尼克说。

“我想也许我应该去找皮尔斯说说这事儿。”

“他很可能在吃饭。”

“嗯，我们反正也要吃饭。走吧。”

他们又拖着步子，走到太阳底下，穿过沙地，绕到食堂后门。皮尔斯中尉正坐在靠近供餐柜台的空桌旁。莱文走了过去。

“我想说个事儿。”他说。

中尉抬起头。“卡车有问题吗？”他说。莱文挠了挠肚子，把戴着的头盔往后推了推。“不是的，”他说，“不过我的休假从四点半开始，我在想……”皮尔斯扔下手里的叉子。它落到餐盘上，发出很大的撞击声。“不行，”他说，“你得把休假推一推了，莱文。”莱文夸张地傻笑了一下，他知道这笑会让中尉不爽。“见鬼，”他说，“我什么时候对连队这么重要了？”皮尔斯愠怒地叹了口气。“你看，你和所有人一样了解连队里的情况。上头命令要派技术兵，最好的技术兵。不幸的是，我们没这样的人。但是你必须得上，因为我们只有你这种懒蛋。”皮尔斯是预备役军官训练营来的，毕业于麻省理工学院。他刚刚当上中尉，正努力让自己不要霸气外露。他说话时，明显带着波士顿灯塔山的口音。“中尉，”莱文说，“你也年轻过。我这个妞在新奥尔良，她在等我。年轻人得享受一下人生。比我好的技术兵多了去了。”中尉冷冷一笑。每当这种事情出现时，他们就能暗自意识到彼此的价值。表面上，两人谁也犯不着求谁，但都隐约觉察到他们其实很相似，只是不愿意承认罢了，也许骨子里他们就是兄弟。当皮尔斯刚到罗奇时，就知道了莱文的事，便想和他谈谈。“你是在荒废人生，莱文，”他会说，“你这种大学毕业生就来这里，你他妈的是这个营里智商最高的，而你又做了什么呢？光待在军队的旮旯角落，屁股还越坐越肥。你为什么不去预备军官学校？如果你想的话，甚至很可能就进了西点军校。不过你当初为什么要入伍呢？”莱文迟疑地笑了一下，既不是辩解，也不算自嘲：“好吧，我觉得自己想待在军队里，然后干一番事业。”起初每当他这么说时，中尉就会大发雷霆，人也语无伦次起来。后来，他就转身走人。而到了最后，他干脆彻底放弃，不再和莱文谈这个。现在他说道：“你是在军队里，莱文。休假不是权利，而是一种特殊待遇。”莱文把手插进后屁股兜。“啊，”他说，“那好吧。”

他转身慢慢离开，手插着兜，走向放餐盘的架子。他拿起餐盘和银质餐具，慢慢排起了队。又是炖菜，周四似乎总是炖菜。他走到皮克尼克吃饭的座位，说道:“你猜怎么着？”

“我料到了。”皮克尼克说。他们吃完饭，走出食堂，在沙地和水泥地上走了差不多一英里，拖着脚步，都不说话，只是让阳光的炙烤慢慢透过钢盔衬帽和头发，抵达头皮。他们一点差一刻时到了停车场，却发现其他人大部分都已经到了，他们分乘六辆四分之三吨载重的卡车，车后装载有无线电设备。莱文和皮克尼克上了车，由皮克尼克开车，跟着其他车开到了连队。他们在营房取出行李，把它们都扔在了后车斗。

他们朝西南方向行进，穿过了沼泽地，路过了农田。快到德里德市区时，南方的天空上出现了云朵。“下雨？”皮克尼克说。“天哪。”莱文戴着太阳镜，又在读那本叫《沼泽姑娘》的平装小说。“我越想这事儿，”他懒洋洋地说，“越觉得有天要对着那个中尉的嘴巴来上一拳。”

“这事儿是挺烦的，对吧。”皮克尼克附和说。

“我觉得，”莱文一边说，一边把书摊放在肚子上，“有时我真希望自己回到市区了。太没劲了。”

“这算啥？”皮克尼克说，“我宁愿回军校去，也不想干这些狗屁活儿。”

“不，”莱文皱眉说道，“你不会回去的。在我记忆中，我也就回去过一次，是去看一个妞。那次也挺不爽的。”

“是，”皮克尼克说，“你和我说过。你应该回去的。我希望自己能回去。哪怕回营房睡觉也行。”

“你在哪儿都能睡，”莱文说，“我就能。”

到达德里德后，他们转而向南行进。前方的云层越来越厚，灰灰的，有些吓人。在他们四周，全是绵长的灰色沼泽地，上面布满青苔，闻着很臭。过了沼泽地，是一片看上去就很贫瘠的农田。“我读完这个你想读吗？”莱文说，“挺好看的。关于沼泽，还有那个住在里面的小妞。”

“真的吗？”皮克尼克一边说，一边表情严肃地看着前面的卡车，“我希望能在这里找到个女人。我会在这沼泽地里建个小棚子，让山姆大叔永远找不到我。”

“你当然可以。”莱文说。

“我非常清楚你会的。”

“不管怎么说，在我厌倦之前我是会的。”莱文说。

“你为什么不安定下来，内森，”皮克尼克说，“找个斯斯文文的好姑娘，然后去北边生活。”

“我爱的是军队。”莱文说。

“你们这些三十岁的男人都一个德行。皮尔斯还信那些延期服役的屁话吗？”

“我不知道。我都不信，他干吗要信？但是那时我会实话实说的。我想还是等等看吧，到时候再说。”

他们就这样开了两个小时，一路上陆续有卡车停下来，修理通向罗奇的中继器。等到了查尔斯湖附近时，只剩下两辆车在开了。里佐和巴克斯特在前面那辆车里，他们招呼莱文和皮克尼克下来。现在天已经完全阴了下来，刮起了微风，隔着湿湿的工作服，也能感受到凉意。“我们找个酒吧，”里佐说，“等中尉赶上来。”里佐是参谋军士，也是连队里的文人。他会躺在行军床上，读类似《存在与虚无》和《现代诗歌中的形式与价值》这样的书，并对那些总打算借西部小说、色情小说和侦探小说给他读的伙伴们嗤之以鼻。他、皮克尼克和莱文经常晚上在军队福利商店或咖啡馆里扯很久的闲话，不过大部分时候，都是里佐在那儿神侃。他们把车开到镇上，在一所高中附近找了一家安静的酒吧。酒吧里坐着几个学生，其他座位都空着。他们在后边找了张桌子，里佐就去上厕所了。巴克斯特朝门口走去。“一分钟就回来，”他说，“我想去买份报纸。”莱文坐着喝啤酒，满腹心事。他常喜欢像马龙·白兰度那样，咂巴嘴，挠自己的胳肢窝。有时他心情好，还会学大猩猩在安静时发出的那种声音。“皮克尼克，醒醒，”他最后说，“将军来了。”

“将军个鬼。”皮克尼克说。

“你就是爱发牢骚，”里佐回来说道，“学学我，或者学肥腚。笑对人生。”

巴克斯特这时拿着报纸跑了回来，非常激动。“嘿，”他说，“我们上头条了。”他拿着一份查尔斯湖当地的报纸。他打开报纸，摊在桌上，只见头版有一个大幅标题：“250 人因飓风失踪”。“飓风？”皮克尼克说，“他妈的怎么没人讲过有飓风？”

“也许海军没法派飞机来，”里佐说，“他们想让我们来暴风眼看看情况。”

“不过我倒是想知道那边怎么样了，”巴克斯特心事重重地说，“老天，如果他们连通信都中断了，那情况一定很糟糕。”

事实上，这次飓风彻底摧毁了一个叫克里奥的小村子，它坐落在一座孤岛上，或者说，是一处地势较高的地方，在海湾沿岸的河口地区，距查尔斯湖大约20英里。显然，整个局面就是因为气象局而搞乱的：星期三下午，当镇上居民开始撤离时，气象局发了声明，说飓风要到周四晚上才会到达，所以敦促居民不要扎堆上路，说有足够的时间。可是在周四凌晨，零点到三点之间，飓风到了，正好对准了克里奥。国民警卫队来了，新闻报道接着写道，红十字会、陆军和海军也来了。他们试图从比洛克西的空军基地派直升机过来，但是飞行条件很差。报道还说，有家大石油公司捐出了几艘拖船来支援救援行动，克里奥很可能会被宣布为灾区，等等。他们又喝了些啤酒，聊了聊飓风，所有人都相信，在接下来的几天里，他们很可能要累个四脚朝天，并由此引发了关于美国军队性质的一些议论，言语下流、充满愤恨。“延长服役，”里佐说，“你还有时间，还够格。我还剩该死的382天。天哪，我要熬不下去了。”莱文笑了。“哎呀，”他说，“你就是太悲观了。”他们出去时，外面正在下雨，天变得更凉爽了。他们上了卡车，轧着积水驶离了小镇，朝着皮尔斯中尉安排的会合地点开去。不过，他人还没到。莱文和皮克尼克坐在停好的车上，听着雨点敲打着车顶。莱文从衣兜里拿出《沼泽姑娘》，又开始读了起来。

过了一会儿，里佐过来敲打车窗。“将军来了。”他指着路的远处说道。他们在雨中看见了一辆吉普车开过来，隐约认出开车的穿着卡其制服。这辆吉普车停在里佐的卡车旁，司机下了车，颤巍巍地跑到里佐站着的地方。他没有刮胡子，眼里布满血丝，身上的卡其制服又皱又脏，说话时还带着几分颤抖。“你们是国民警卫队的吧？”他说话的声音高得有些异常。“哈，”里佐大声说，“当然不是。我们可能看上去像，但我们不是。”

“好吧。”他转过身，而莱文则略为震惊地意识到，此人双肩佩戴的是两道银杠。他摇摇头。“那边情况有点糟。”他嗫嚅着朝吉普车走回去。

“对不起，长官。”莱文在他身后喊道。然后他悄声说：“天哪，里佐，你看见了吗？”

里佐笑了。“战争就是地狱。”他愤愤不平地说道。

他们又坐了半个小时，终于看到中尉出现了。他们告诉他，有个上尉正在找国民警卫队，并向他讲了报纸上关于飓风的报道。“好吧，我们该行动起来了，”皮尔斯说，“他们正在那边抱怨通信中断的事呢。”

原来，军方已经接管了位于市郊的麦克尼斯州立大学，用作行动基地。天黑以后，这两辆卡车才开到僻静的校园马路上，然后拐进一个很大的四方院子，在草地上停了下来。“嘿，”皮克尼克冲着巴克斯特嚷嚷道，“和你们比赛，看看谁能先把它们给搭起来。”他们要搭 40 英尺的天线，巴克斯特和里佐赢了。“我才不管呢，”莱文说，“等我们把这堆活干完了，请你们喝啤酒吧。”皮克尼克要弄的设备是TCC-3，莱文则开始设置AN/GRC-10。快到午夜时，他们的通信恢复了。

巴克斯特把头倚在卡车后面。“你们欠我们啤酒。”他说。

“你知道附近哪里有酒吧吗？”莱文说。“你们就像大学生，最懂吃喝玩乐，”巴克斯特说，“你和里佐。你们应该很轻松就能搞定啊。”

“是的，内森，”皮克尼克轻声说，从TTC-3那儿抬头看了看，“你感觉就像个大学毕业生。”

“当然，”莱文说，“当然，这就是校友返校周。我应该对着你嘴巴来上一拳。”

“你应该给我们买瓶啤酒。”巴克斯特说。

他们找到了一家很小的大学酒吧，离这里有几个街区。麦克尼斯大学正在放暑假，里面只有几对客人，跟着节奏布鲁斯的唱片在跳舞。这里还有一排架子放着啤酒杯，上面写着人名。这种地方就是这样的。“哎，也行，”巴克斯特高兴地说，“有啤酒就行了。”

“我们唱唱大学的饮酒歌吧。”里佐说。莱文看了看他。“你没开玩笑吧？”他说。

“在我看来，”巴克斯特说，“读大学没意思。我觉得生活经历比什么都重要。”

“粗人，”里佐说，“你面前可是军队里最出色的三个知识分子。”

“别把我放里面，”莱文小声说道，“我是事业型的。”

“我就是这意思，嘿，内森，”巴克斯特说，“你有大学文凭，也不比我强到哪里去，我可连高中都没读完。”

“莱文的问题是，”里佐说，“他至少算得上是部队里最懒的家伙。他不想干活儿，所以也害怕扎根下来。他是一粒种子，把自己扔在了没有泥土的石头堆里。”

“当太阳升起时，”莱文笑道，“它会把我烤焦，让我枯萎。要不然我花那么多时间待在营房里干什么？”

“里佐说得对，”巴克斯特说，“世上没有哪儿比路易斯安那罗奇堡的石头还多。”

“这儿的太阳比哪儿都毒，这倒是千真万确。”皮克尼克说。他们坐在那里，喝酒聊天，一直到凌晨三点。回到卡车上后，皮克尼克说：“哥们，里佐可真能讲。”莱文双手交叉搭在肚子上，打起了哈欠。“总得有人说话吧，我觉得。”他说道。

天亮时，莱文被巨大的轰鸣声吵醒了，院子中间传来震耳欲聋的咔咔声。“啊——啊，”他抱着脑袋说道，“见鬼，这是怎么了？”雨已经停了，皮克尼克在外面。“看看它们。”他说。莱文把头伸了出去，看了一眼。在一百码之外，军用直升机正一架接一架地起飞，像巨型昆虫一般，它们要去看看克里奥还剩点什么。“真见鬼，”皮克尼克说，“昨天夜里，它们就一直在闹腾。”莱文闭上眼睛，又坐了下来。“这儿晚上可真的很黑。”他说完就又睡了。他中午时才起来，肚子也饿了，脑袋嗡嗡响。“皮克尼克，”他埋怨道，“这该死的地方能上哪儿吃饭？”皮克尼克嗤笑了一下。“嘿。”莱文抓住他的头摇了摇。“怎么了？”皮克尼克说。“我刚才说，我在想他们有没有在哪里弄个战地食堂什么的？”莱文说。里佐爬出卡车，走了过来。“天哪，你们这些家伙可真懒，”他说，“我们十点就起来了。”院子里一架架直升机或忙着起飞，或载着幸存者们降落。救护车和一群军队医护人员正在那里准备接伤员。这个喧闹的地方停满了 2.5 吨级军用卡车、吉普车和 0.75 吨级军用卡车，还有各色各样的军方人员，大部分都穿着工作服，不时会闪过几个穿卡其军装的，还有黄铜扣子的反光。“上帝啊，”莱文说，“这地方可遭了大灾了。”

“还有报社记者，《生活》杂志的摄影师，可能还有几个拍新闻纪录片的，”里佐说，“现在这里是灾区了。正式宣布了。”

“好家伙，”皮克尼克眨了下眼睛说，“哥们，瞧瞧这妞。”放暑假时，这里好像还真有些漂亮的女大学生，她们在那些穿着清一色橄榄色制服的人群中游荡。巴克斯特很兴奋。“我就知道，只要我在罗奇待久了，”他说，“就一定会交好运。”

“就像发薪日晚上逛波旁大街[13]。”里佐说。

“用不着提醒我，”莱文说，接着又转念一想，“然而，我却在这里，新奥尔良，见鬼去吧。”他看见 20 码之外有一辆 2.5 吨级的卡车，车身上写着“第 131 通信营”。一个保险杠已经没了，车身上到处都是凹坑。“嘿，道格拉斯。”他喊道。一个身材细高、红头发的一等兵靠着车前轮坐在地上，抬起头看了看。“啊，见鬼了，”他大声回答，“你们怎么这么慢？”莱文走了过去。“你什么时候到的？”他问。“见鬼，”道格拉斯说，“他们昨天夜里就要把我和斯蒂尔派过来，那时这里刚遭灾。结果该死的飓风把这辆 2.5 吨的老车给吹到路边上去了。”莱文看了一下卡车。“那边的情况怎么样了？”他问。“难说，”道格拉斯答道，“通往那里的唯一一座桥已经没了。他们派了工程兵正在拼命修浮桥。就我所知，这镇子的情况现在糟透了。被淹了有大概 8 英尺深，唯一没倒的是法院大楼，因为是水泥建的。哎，还有很多尸体，他们用拖船捞的，像柴火一样摞在那儿。臭不可闻。”

“够了，你这混蛋还挺精神的，”莱文说，“我还没吃早饭呢。”

“哥们，你恐怕要靠三明治和咖啡抵一阵子了，”道格拉斯说，“他们让小妞们在这里发吃的。我的意思是，只有三明治和咖啡。没见有别的，至少现在还没。”

“别急，”莱文说，“你会看到的，我们都会的，会有好盼头的，因为我可不能白白牺牲了这次休假。”他回到了卡车边上。皮克尼克和里佐正坐在保险杠上吃三明治，喝咖啡。

“你们上哪儿弄到的？”莱文问。“有小妞送过来的。”里佐说。“我真倒霉，”莱文说，“那个嗑药的破艺术家这次居然说了实话。”

“就待在这儿，”里佐说，“会有人过来的。”

“我不知道，”莱文说，“我可能会饿死。我的运气就是这么糟糕。”他冲着一群女大学生晃了晃头，然后对里佐说——莱文感觉到一种奇特的心灵相通，已经很久没这种感觉了——“一直以来就是这样。”

里佐干笑了两声。“你怎么了，想家了吗？”他说。莱文摇了摇头。“不是的。我指的是某种类似闭合电路的玩意。每个人都在相同的频率上。过了一段时间，大家就忘记了剩下的波段，开始认为这就是唯一重要或唯一真实的频率了。可是在外面，在这个大千世界，还有很多五彩斑斓的颜色，还有X射线和红外线等等。”

“难道你不认为罗奇就是一个闭路？”里佐说，“麦克尼斯不是全世界，但罗奇也不是整个频谱。”

莱文摇了摇头。“你们这些被征入伍的家伙都一个德行。”他说。

“我知道，我知道，正规军一直都如此。但一直是怎样？”

一个金发小姑娘拿着篮子过来，里面装满了三明治和盛咖啡的纸杯子。莱文说，“来得很及时，宝贝，你算是救了我一命。”她笑着说：“你看上去没那么糟糕啊。”

莱文拿了三四个三明治和一杯咖啡。“你也不差，”他色眯眯地说，“他们现在把圣伯纳德[14]办得比过去漂亮多了。”

“这算是夸奖吗，”她说，“不过比我今天听到的其他话都要有品。”

“你叫什么名字，万一我又饿了呢。”莱文说。“我叫小金凤花[15]。”她笑着回答道。“挺幽默的啊，”莱文说，“你为什么不和里佐在一起呢。他是大学生。你们可以一起猜引文出处玩。”

“别和他一般见识，”里佐说，“他就是个南方种地的小毛孩。”

她乐了。“你喜欢犁地吗？”她说道。

“再见。”莱文将咖啡一口喝光。

“再见吧，”她说，“回头院子里见。”

里佐用走调的声音哼起了《女大学生贝蒂》[16]，脸上露出了坏笑。“闭嘴，”莱文说，“这一点都不好玩。”“兄弟，这可是你挑起来的，对吧？”里佐说。

“谁挑的啊？”莱文说。“嘿，”道格拉斯在那边喊道，“我要开吉普车去一趟码头。有人愿意一起去吗？”

“我要守着电路，”皮克尼克说。“去吧。”巴克斯特说。“我喜欢在有小妞的地方待着。”里佐笑了。“我要盯着这个小伙子，”他说，“他可能会破处。”巴克斯特皱了皱眉。“你下一次才会是你的第一次。”

莱文跟着道格拉斯爬上一辆营里的吉普车，然后就颠簸着出发了。在快出学校时，他们开到一段碎石路上，越接近海湾，路面也愈发坑坑洼洼。已经不太看得出这里曾经历过飓风：只有一些树和路牌倒了，还有一些散落的房顶瓦片和墙板。道格拉斯一路都在发表评论，用的大多是二手统计数据，而莱文则心不在焉地点着头。他开始隐约感觉到，里佐可能并不是那样一个永远长不大的大学生模样——这个小中士确实偶尔能窥察到真相。他也开始担心了：预想到在经过三年的黄沙、水泥和烈日后，也许他的生活会发生一些巨大的转变。也可能是因为这是他从纽约城市学院毕业后，第一次置身大学校园——或者，也许是时候改变一下了。等回到罗奇后，他就打算玩一把擅离职守，或者跑出去大醉三天，这样做可能会缓解他现在开始意识到的无聊与乏味。

码头和学校的四方院子一样挤满了人，但节奏更慢，看上去也更有秩序。石油公司的拖船运过来一堆尸体，一队士兵就把它们从船上卸下来，军医对着尸体喷洒防腐液，防止它们腐烂太快，然后另一队的人就把尸体装上2.5吨级卡车，尸体随后就被运走。“他们要把尸体放在某个初中的体育馆里，”道格拉斯告诉莱文，“里面全是冰块。要花很久的时间才能确认死者身份。泡过水，脸就变形了。”空气中到处是腐烂的气息；在莱文看来，它就像是你喝了一整夜味美思酒以后的那种味道。处理死者的士兵小分队工作细致，效率很高，就像一条流水线。不时会有某个卸载尸体的人转过身去呕吐，但进行得还算顺利。莱文和道格拉斯坐在那里，看着他们干活，而天也渐渐暗了下来，太阳本来就看不见，现在越来越远了。一个年长的军士长走到他们这边，倚着吉普车，和他们聊了一会儿。“我去过朝鲜，”当一具尸体因为搬运不慎而解体后，他说道，“我能理解大家相互开枪，相互残杀，但这——”他摇了摇头，“上帝啊。”周围有一些高级军官在走动，但没人理会莱文或道格拉斯。尽管此次行动有着机器般的效率，但依然带着几分不正规：几乎没人戴帽子，而上校或少校会停下来和军医攀谈。“就像是在打仗，”军士长说，“所有的规矩都废了。管他呢，谁用得着这些玩意啊。”他们一直待到五点半，然后就开车回去了。“你们是在哪里洗澡的，”莱文说，“或者干脆不洗？”这个一等兵笑了。“我有个兄弟昨天晚上是在女生联谊会的楼里冲的澡，”他说，“我猜你随便就能找到冲澡的地方。”

当他们回到卡车上，莱文看了一眼里面的皮克尼克。“歇着吧，”他说，“要是你能找到冲澡的地方，麻烦告诉我。”

“见鬼，是得找，”皮克尼克说，“现在都七月了，对吧？”莱文顶替他坐在“怒-10”[17]前，听了一会儿；没什么大事发生。过了半小时，皮克尼克回来了。“真见鬼，”他说，“里佐在那边听着呢。他想当正规军，我们犯不着操心。你只要朝着教堂过一个街口，就会看见一栋学生宿舍。你一定找得到，很多人进进出出的。”

“谢谢，”莱文说，“五分钟就回来。我们到时候去喝杯啤酒什么的。”他从洗衣袋里拿出一套干净的换洗内衣和工作服，带着刮脸的东西走了出去，外面夜色已深，天气闷热。直升机仍然在起飞和降落，机头和尾灯让它们看上去就像是来自科幻电影。莱文找到了学生宿舍，走进去冲了凉，刮了胡子，换了衣服。当他回来时，皮克尼克正在读《沼泽姑娘》。他们出去找了另一家酒吧，这里更闹腾些，挤满了周五夜晚出来玩乐的人群。他们瞅见了正在勾搭姑娘的巴克斯特，那姑娘的男伴已经酩酊大醉，想惹事也惹不起来。“唉，天哪。”莱文说。皮克尼克看着他。“别学里佐说话啊，”他说，“出什么事了，内森？像老军士比尔科的士兵去哪儿了？那才是我们认识又热爱的家伙啊！是往事又上心头了，还是你快陷入理性危机了？”

莱文耸耸肩。“可能是我的胃出了问题，”他说，“我这么多年好不容易养出这么一个啤酒肚，这次看到那些尸体，实在是大伤元气。”

“很惨，对吗？”皮克尼克说。“是的，”莱文说，“我们谈点别的。”

他们坐在那里看着大学生们，每个人都试着将这些孩子看成是异类，仿佛他们是一个自己从未属于、也永远不想加入的群体。那个叫自己小金凤花的金发女孩走了过来，说：“玩猜猜猜吧。”

“我知道一个更好玩的游戏。”莱文说。

“哈哈，”金发姑娘说着，坐了下来，“我男朋友病了，”她解释说，“他得回家去。”

“真是上帝的恩典啊。”皮克尼克说。

“工作挺卖力的？”小金凤花笑着问。莱文往后靠了靠，漫不经心地把手搭在她肩膀上。“我只是在累有所值时才卖力。”他看着她说道。他们试着盯着对方看了一会儿，然后他带着小小的胜利表情笑了，补充道：“或目标可实现时。”

她扬起了眉毛。“也许即使如此，你也用不着这么卖力。”她说。

“你明天晚上打算干什么，”莱文说，“到时我们就会见分晓了。”一个年纪轻轻、模样叛逆、穿着灯芯绒外套的男生趔趔趄趄地朝着他们走来，一伸手勾住她的脖子，还撞翻了皮克尼克的啤酒瓶。“天哪，”她说，“你回来了？”皮克尼克伤心地低头看着自己湿透了的工作服。“来打一架吧，多好的借口。”他说。“我们上吧，内森？”巴克斯特一直在旁边偷听。“好吧，”他说，“既然你都发话了，本尼兄弟。”他用力甩开膀子，挥了一大圈，并不想打谁，结果却击中了皮克尼克的脑袋，将他从椅子上打了下来。“天哪，”莱文说，朝下一看，“你没事吧，本尼？”皮克尼克没有应声。莱文耸耸肩。“来吧，巴克斯特，我们把他弄回去。告辞了，小金凤花。”他们架起皮克尼克，把他拖回卡车。

第二天早上，莱文七点钟就醒了。他在校园溜达了一下，想找杯咖啡喝。吃完早饭，他心血来潮做出了一个决定，这种决定事后回想会觉得很奇怪。“嘿，里佐，”他摇了摇军士，说道，“如果有人找我，不管他是将军还是部队参谋，就告诉他们我忙着呢，好吗？”里佐嘟噜了什么，可能是一句脏话，接着就又睡了。

莱文搭了一辆营里的吉普车去码头，在那边溜达着看大家搬运尸体。最后，当其中一艘拖船几乎快要卸完的时候，他信步走到泊口跳上了船。似乎没有人注意到他。船上有六个军方人员，也有六个非军方的人，他们有的坐着，有的站着，没人说话；他们抽着烟，或是看着一旁经过的灰色沼泽。他们经过了一座浮桥，工程兵已经快要修完了，他们的船行驶在浮渣泛滥的水中，两边都是断裂的树木。他们突突地在克里奥上方游弋，法院大楼只剩下顶层露在外面。他们要去的地方是市郊还未被摧毁的农村，那里还没有搜救。头顶不时会响起直升机的声音。太阳升起来了，只是天空略微有些阴沉，阳光也不强，照在沼泽地上那一团臭烘烘的空气上。

后来，莱文能记得的，大部分就是这种灰色阳光照在灰色沼泽上的独特大气效果，还有那种空气的感觉和味道。他们的船走了十个小时，四处寻找死者。他们从铁丝网上弄下来一具尸体。它挂在那里，就像一只傻乎乎的气球，拙劣的仿品；他们一碰，它就爆裂了，发出嘶嘶声，然后泄了气。他们从房顶、从树上把一些尸体弄下来，又发现另一些漂浮在水上，或被卡在房屋的废墟中。莱文和其他人一样静静地干活，太阳晒得脖子和脸发烫，肺里全是沼泽和尸体的恶臭，他让这一切自然发生，不情愿去想它，也没法想；但他莫名地意识到，在这种情况下并不需要什么思考或理性。他在打捞尸体。这就是他在做的事情。拖船大约在六点时入港卸载尸体，莱文就像上船时那样悄悄下了船。他搭上一辆卡车回四方院子，坐在后座上的他又脏又累，身上的味道让他想吐。他在卡车上拿出干净的衣服，也没搭理皮克尼克。此时的皮克尼克已经把《沼泽姑娘》差不多读完了，开始说一些什么，但最后转念一想还是没讲。莱文走到学生宿舍，久久地站在淋浴的水下，想象这就是一场雨，春夏之交的雨，他一直以来都淋着这雨。等他穿着干净的制服，从宿舍出来时，发现天又黑了。

回到卡车上时，他从包里掏出蓝色棒球帽戴上。“穿得很正式啊，”皮克尼克说，“怎么了？”

“约会。”莱文说。

“好啊，”皮克尼克说，“我喜欢看年轻人走到一起。真令人兴奋啊。”

莱文看着他，异常严肃。“不，”他说，“不，我觉得‘纯粹动量’这个词更好。”

他走到里佐的卡车边，从正在睡觉的里佐那里顺走了一包香烟和一根蒂诺比利雪茄。当他离开时，军士睁开一只眼睛。“老实本分的内森怎么干这事？”他说。“睡你的觉，里佐。”莱文说。他把手插在兜里，吹着口哨，走向昨晚去过的那间酒吧。天上没有星星，感觉似乎下着雨。他走过路灯下那些高大丑陋的松树的影子，听着女孩子们的说话声和汽车发动机的低鸣声，问原本应该回罗奇的自己为什么待在这个地方，但同时他又非常清楚，等到他真的回罗奇了，又会问自己在那里到底搞什么鬼。也许从现在开始，无论他去哪里，都会有这种怀疑。他刹那间有了一种荒唐的想象，仿佛“肥腚”莱文就是漂泊的犹太人，在安息日之外的夜里，在陌生无名的小镇里，和其他漂泊的犹太人辩论身份的本质问题——不是谈自己的身份，而是谈一个地方的身份，以及你在任何地方所真正拥有的权利。他到了酒吧，进去时发现小金凤花正在等他。

“我给咱俩弄到了一辆车。”她微笑道。他立刻意识到她带着一点点南方口音。“嘿，”他说，“你喝的什么？”

“汤姆科林斯酒。”她说。莱文喝威士忌。她的神色变得很严肃。“那边情况很糟吗？”她说。“很糟。”莱文说。她又笑了，很高兴的样子。“至少大学没受到影响。”

“但确实影响了克里奥。”莱文说。

“是的，影响克里奥。”她说道。莱文看着她。

“你的意思是，他们遭灾比大学遭灾好？”他说。

“当然了。”她笑了。他用手指拍了拍桌子。“说‘出去’。”他说。

“区去[18]。”她说。

“啊！”莱文说。他们边喝酒，边聊了一会儿，大多是大学的话题，最终，莱文说想去看看没有星星的夜晚海湾是什么样子。他们离开酒吧，由他开车，朝着海湾驶去，车外夜色深沉。她坐得离他很近，欲望高涨，急不可耐地抚摸他。他一直没说话，直到她指着一条通向沼泽的土路。“往里走，”她低声道，“有个小屋子。”

“我正要问你呢。”他说道。在他们四周，成千上万的青蛙正在鸣叫，仿佛在演奏着神秘的和弦变化，讴歌某些模糊不清的法则。他们身边到处是红树林和苔藓。他们开了一英里路，来到一座破败的建筑物前。这里四周是一片荒野，屋里摆了一张床垫。“地方不怎么样，”她喘息着说，“但可以歇歇脚。”她在黑暗中靠着他，浑身颤抖。他摸出里佐的香烟点上；她的脸庞在火苗的光照下颤抖，眼中似乎有一些迟来的落寞和失望，她终于明白那些让这个农村小伙心烦意乱的，不是季节变换或对生殖能力的疑虑。同样，他也早就意识到，她能够给予的无非是那些可计数的物什：剪刀、手表、小刀、缎带、蕾丝；所以他对她也不过抱着冷淡的同情之心，就像是对色情小说中女主人公的那种感觉，或是对西部片中那个疲倦软弱的好人农场主的怜悯。他让她分头脱衣服；最后，他站在那里，浑身上下只有一件T恤和棒球帽，缓缓地抽着雪茄，听到她从床垫上传来一声呜咽。

渐渐地，他们觉得周围的青蛙似乎在进行原始的合唱——虽然他们痉挛着，什么都看不见，却能奇怪地意识到这一点，那种微妙就像是勾勾小手指，碰碰啤酒杯，那是一种《美开乐》[19]杂志式的亲密——这合唱逐渐变成了一种贝斯效果器，为那些细微的呼吸和叫喊组成的精巧二重奏做伴音；在整个表演过程中，他偶尔还会抽几口烟，棒球帽随意地斜向一边，而她则不时会惹人怜香惜玉，如同一个从未被彻底亵渎的帕西法厄[20]；最后，他们都渐渐平静下来，周围还是愚蠢的蛙鸣袭扰，但他们只是躺在那儿，谁也没碰谁。“在大死亡之中，”莱文说，“有着小的死亡[21]。”过了一会儿，他又说：“哈哈，它听上去就像是《生活》杂志的标题。在《生活》之中。我们活在死亡里。啊，天哪。”

他们开车回去，到了停放卡车的地方时，莱文说:“回头在四方院子见。”她微微地一笑。“有机会出来时，过来找我。”她说完就开车离开了。皮克尼克和巴克斯特正打着头灯，玩二十一点。“嘿，莱文，”巴克斯特说，“我今晚睡了个妞。”

“啊，”莱文说，“恭喜你。”

第二天，中尉过来说:“你可以休假了，莱文，如果你想的话。现在一切都弄妥了。这里不缺你一个了。”

莱文耸耸肩。“好吧。”他说。天下着雨。回到卡车上时，皮克尼克说:“老天，我真讨厌下雨。”

“你和海明威，”里佐说，“真有趣，不是吗。T.S. 艾略特喜欢下雨。”

莱文把自己的包挎到肩上。“那么说来，雨是很奇怪的东西，”他说，“它能让植物发芽；能将它们连根拔起然后冲走。我在新奥尔良晒太阳时，会想念你们这些家伙的，你们还得在水里忙活着。”

“那就去吧，”皮克尼克说，“快去。”

“顺便说一句，”里佐说，“皮尔斯昨天找你来着，我骗了他，说你去找 TCC 的零件了。不过我过了一会儿才想到你小子去哪里了。”“天哪，那你说说看。”莱文淡淡地说道。“我还在想这个问题呢。”里佐笑道。“哥们再见。”莱文说。他搭了一辆回罗奇的 2.5 吨级卡车。开出城外几英里后，开车的一等兵说:“见鬼，能回去真是一种解脱。”

“回去? ”莱文说，“噢，是啊，我想是的。”他看着挡风玻璃的雨刷将雨水推开，听着雨点敲打车顶的声音。过了一会儿，他睡着了。

低　地

下午五点半，丹尼斯·弗兰吉还在款待一个收垃圾的男人。此人名叫洛克·斯夸楚尼。上午九点多时，他干完例行的工作，就径直来到了弗兰吉家中，他的粗棉布衬衣上还沾着橘子皮，粗大的拳头里握着一大瓶自酿的麝香葡萄酒，手上全是咖啡渣。“嘿，哥们，”他在客厅大声喊道，“我有酒。快下来。”

“好的。”弗兰吉大声回应道。他决定还是干脆不去上班了。他打电话给瓦斯普－文森姆律师事务所，结果是某人的秘书接的电话。“弗兰吉。”他说。“不行。”她开始表示反对。“再见。”他说完就挂掉了电话，这一天就和洛克坐在那里，喝着麝香葡萄酒，听着1000美金买的组合音响。这音响是辛迪逼他买的，但在弗兰吉的记忆中，她从未用过它，只是用来放开胃菜的碟子或鸡尾酒的托盘。辛迪就是弗兰吉的太太，不用说，她并不喜欢喝葡萄酒这种事。她也不喜欢洛克·斯夸楚尼。或者说，她事实上并不喜欢丈夫的任何一个朋友。“你把那帮东西带到地下室的游戏房去养吧，”她会晃着鸡尾酒调酒器，大声吼道，“你就跟防止虐待动物协会里的人一个样。我甚至怀疑他们会不会要那些你带回家的动物。”弗兰吉原本要说，但却说不出口：“洛克·斯夸楚尼不是动物。他是一个收垃圾的，有自己的爱好，其中之一就是维瓦尔第[22]。”他们现在听的，就是维瓦尔第的《第六小提琴协奏曲》，副标题是“愉悦”，而辛迪则在楼上，动静很大。弗兰吉感觉她在扔东西。他偶尔也会疑惑，假如家里没有两层楼，生活会变成什么样子？那些住单层农庄或错层式住宅的人日子是怎么过的呢？难道不会每年来一次疯狂大屠杀？弗兰吉家的住宅位于悬崖上，可以俯瞰海湾。这座英式乡间小别墅风格的房子是1920年代建的，主人是圣公会的牧师，在这边经营从加拿大走私过来的私酒。当时似乎所有住在长岛北岸的人都从事一些走私活动，因为这里有各种各样的海岬和海湾、地峡和海口，而联邦政府的人根本都不知道这些地方的存在。牧师当时对这门生意一定抱着一种浪漫的态度：这房子如同大地上一座布满青苔的巨大坟头，它的颜色就像是一只毛发蓬乱的史前野兽。屋里有牧师密室[23]和隐蔽通道，还有格局奇怪的房间；在地下室，从娱乐室开始，有难以计数的地道，里面七弯八拐的，就像章鱼的触须，最后进到死胡同、排水沟或废弃的下水道，偶尔还能进到一间秘密的酒窖。丹尼斯·弗兰吉和辛迪·弗兰吉结婚的七年间，就住在这个布满青苔、几乎算天然有机的奇怪小山包里。这时的弗兰吉，至少已渐渐感觉到他对这个地方的依恋，就像有一根由苔藓、苇草和荆豆编成的脐带，连着他和此处；他管这里叫带风景的子宫，在他们如今少有的温存时刻，他会给辛迪唱诺埃尔·考沃德[24]的歌，一半是为了回忆他们恋爱的最初时光，一半是作为唱给这个房子的情歌：

我们会幸福而知足，

如同树上的鸟儿，

比山还要高，比海还要高……

但是，诺埃尔·考沃德的歌常常同现实生活相去甚远——就算弗兰吉从前不懂，他也很快明白了——假如说七年之后的他与其说是树上的飞鸟，还不如说是地洞里的鼹鼠，那么应该对此负责的不是这幢房子，而是辛迪。他的心理分析师对这一点有不少说道。此人是一个叫杰罗尼莫·迪亚茨的墨西哥佬，疯疯癫癫，喜欢酗酒。弗兰吉每周都要花五十分钟一边喝着马丁尼，一边听心理医生大声吼叫，内容则是关于弗兰吉的母亲。这些治疗花了他很多钱，用它们可以买来轿车、纯种狗和从医生办公室的窗户里就能看见的花园大街上的女人，但这一点并不让弗兰吉太恼火；真正让他生气的是他心中隐隐约约的怀疑，觉得自己被欺骗了：这也许是因为他认为自己是这个时代的合法子嗣，而弗洛伊德正是那一代人的母乳，他觉得自己并没有学到什么新东西。但有时在夜里他会有所察觉，那时雪从康涅狄格的方向飘过来，穿过海湾，拍打到卧室的窗户上，提醒他其实正如同胎儿一样躺着：他尴尬地发现自己变成了鼹鼠人，这与其说是一种行为模式，还不如说是一种精神状态，它能让人听不见下雪的声响，而妻子的鼾声就像是羊水从毯子外面某个地方流淌和滴落的声音，甚至连自己脉搏的秘密节奏也变成了这幢房子心跳的回声。

杰罗尼莫·迪亚茨显然是个疯子；但这种疯癫很精彩，很随性，它并不遵从任何已知的范例或模式，而是一股冲动任性的血浆，他悬浮于其中，确信自己就是帕格尼尼，已将灵魂卖予了魔鬼。他的桌子上放着一把价值连城的斯特拉迪瓦里斯小提琴，为了向弗兰吉证明他的幻觉是真的，他会胡乱拉动琴弦，拉出一些可怕刺耳的噪声，最后把琴弓扔掉，说道："你懂了吧。自从我做了那次交易，就连一个音符也拉不准了。"然后，他把整个的治疗时间都花在朗读上，大声地给自己读任意数字的表格，或艾宾浩斯的无意义音节列表，完全不顾弗兰吉想对他说什么。那些治疗的方式令人难以忍受：与笨拙地坦白自己少年时期的性事截然不同，他会不停地说"ZAP. MOG. FUD. NAF. VOB"，然后不时从马丁尼的摇杯里倒酒饮尽。但弗兰吉还是会来这里，他总是回去；他可能意识到，如果余生要面对的，只是那个子宫和妻子的无情理性，他可能会真的难以为继，而杰罗尼莫的疯癫算是唯一能让他继续生活下去的东西了。况且，马丁尼是免费的。

除了心理分析师之外，弗兰吉只剩下另一个慰藉——大海，或者说，长岛海湾。它很多时候都非常接近于他记忆中那个咆哮的灰色形象。他曾经在童年时代听闻过一种说法，即大海是一个女人，这个比喻已禁锢了他，并从那时起，几乎决定了他的未来。这其中的一例，就是他有三年的时间都在韩国近海的一艘驱逐舰上当通信兵，那段时间这艘军舰只是沿着沙漏一样的路线进行栅栏式巡逻，夜以继日，所有人都觉得时间难熬，除了弗兰吉。另一个影响，是当他最终退役后，拽着辛迪离开了她母亲位于杰克逊高地的公寓，在海边找到了自己的家，即这个悬崖上半土砌的巨物。杰罗尼莫曾以学究的方式指出，因为所有的生命都是从栖居于海洋中的原生动物演化而来，随着生命形态的日趋复杂，海水开始承担起血液的功能，直到最后血球和很多别的杂质加入其中，组成了今天我们所知道的红色之物；因为此言非虚，所以大海的确存在于我们的血液里，而且更重要的是，大海——而不是通常人们认为的泥土——才是所有人真正的母亲。说到这里时，弗兰吉曾试图用那把斯特拉迪瓦里斯小提琴猛击心理医生的脑袋。"但你自己说过，大海是女人，"杰罗尼莫跳到桌子上，抗议说。"操你妈的。"弗兰吉愤怒地咆哮道。"啊哈，"杰罗尼莫笑道，"我没说错吧。"

所以，在他卧室窗外一百英尺之下，无论是海浪澎湃呜咽，或只是浪花飞溅，它都在弗兰吉需要的时候陪伴左右，而这种需要已愈发频繁；它像是微型的太平洋，那里的海面波涛汹涌，让他的回忆总是保持着三十度的倾角。如果说命运女神操控着月亮正面的一切，那么他觉得一定会对太平洋有一种奇特而细微的主宰或影响；有人说，太平洋就是月亮从地球上被甩出去时留下的深沟。他有个奇特的分身，是这个记忆斜面上唯一的栖居者：命运女神留下的鬼小孩[25]，被剥夺继承权的宝贝，年轻而好色，比任何人都更像是一个英国皇家水手；迎着六十节时速的风，肌肉和下巴绷得紧紧的，桀骜不驯的牙齿里紧咬着碎掉的野蔷薇；整个午夜班都作为甲板长站在船桥上，陪他的只有一个打瞌睡的军需官，一个忠诚的舵手，一个嘴巴臭烘烘的雷达兵，一场在声呐室中进行的红狗牌局，以及那个被剥离出去的流亡月亮，还有它在海洋上的寻伴之旅。虽然在六十节时速的风中月亮会干些什么，这是个值得怀疑的问题。但这就是他记忆中的样子：他就在那里，正当盛年的丹尼斯·弗兰吉，没有现在人到中年的那些迹象；最重要的是，他尽其所能最大限度地远离了杰克逊高地，虽然他每隔一天晚上都会给辛迪写信。那时，他们的婚姻也正处于最佳时期；但是现在它长出了一点啤酒肚，头发也开始慢慢脱落，为什么会这样？弗兰吉也感到茫然疑惑，即使维瓦尔第此时正在论述何为愉悦，而洛克·斯夸楚尼正豪饮着麝香葡萄酒。

在第二乐章中间时，门铃响了，辛迪突然呼啸着冲到楼下来开门，像一只金色的小猎狐犬，并在开门之前狠狠瞪了弗兰吉和洛克几眼。当她打开门，站在那儿的就像是一只穿着海军军装的猿猴，身材矮胖，目光淫邪。她直视着他，非常吃惊。“天哪，”她大声叫道，“是你这个混蛋。”

“是谁？”弗兰吉说。

“匹格·博丁。”辛迪大惊失色，“七年了，你那个傻胖哥们匹格·博丁来找你了。”

“嗨，宝贝。”匹格·博丁说。

“老朋友来了，”弗兰吉跳起来喊道，“快进来，喝点酒。洛克，这是匹格·博丁。我跟你提过匹格的。”

“噢，不行。”辛迪说着，堵上了门。被婚姻折磨的弗兰吉有着自己的预警信号，就像那些癫痫患者一样。他现在觉察到了。“不行，”他妻子低声咆哮道，“出去，滚，出去。你们，快走。”

“我？”弗兰吉说。

“你们，”辛迪说，“你、洛克和匹格。三个火枪手。滚出去。”

“哎呀。”弗兰吉说。他们之前就经历过这种情形，每次结局都相同：在院子外面有一个废弃的警察执勤亭，纳苏县的警察曾经用它来查驾车超速者，就在 25A 公路上。辛迪非常喜欢这东西，最后决定把它运回家，在它旁边种上蔓藤，在里面挂上蒙德里安[26]的画，每次他们吵架，弗兰吉就要去那里睡觉。有趣的是，他在那里同样觉得很舒适：这个亭子就像子宫，而他怀疑蒙德里安和辛迪在骨子里算是兄妹，因为两人都是那样不苟言笑，都讲究逻辑。

“好吧，”他说，“我拿个毯子，去外面的亭子里睡，好吧。”

“不是，”辛迪说，“我刚才说让你滚，你就得滚。滚出我的生活，这就是我想说的。和收垃圾的家伙天天喝酒就够糟了，再来一个匹格·博丁，实在是让人忍无可忍。”

“我的老天爷，”匹格插嘴说，“我还以为你早不记仇了。看看你丈夫，他很高兴见到我。”匹格到曼哈塞特车站时是五点到六点之间，正赶上了通勤下班高峰。他被人群推搡着下了火车，身后顶着众人的公文包，还有折叠的《纽约时报》，一直来到停车场。他在那里偷了一辆 1951 年款的“名爵”，然后开车来找弗兰吉；在朝鲜战争时，弗兰吉是他的班长。他从停泊在诺福克[27]的“无瑕号”扫雷艇上擅自跑出来九天了，就是想看看他的老哥们过得怎么样。辛迪上次见到他是在诺福克，她结婚的当晚。就在他服役的舰被重新编入第七舰队之前，弗兰吉设法请了三十天的假，用来和辛迪过蜜月。匹格对于入伍军人无法为弗兰吉搞单身汉派对而耿耿于怀，便和另外五六个朋友化装成高级海军少尉，潜到诺福克海军军官俱乐部的招待会上，把弗兰吉拽到东大街上喝了几杯啤酒。“几杯啤酒”是一个粗略的估计。两周以后，辛迪收到一封来自艾奥瓦州锡达拉皮兹市的电报。弗兰吉发来的，他钱花光了，而且被宿醉折腾得够呛。辛迪想了两天，最后汇给他回家的巴士路费，但条件是她再也不要见到匹格。她后来一直没见过。直到现在。在这七年间，她一直都认为匹格是世界上最可恶的东西，这种厌恶感从未消退，现在她要证明这一点了。“出去，”她指着门说，“翻过那座山，离得远远的。或者跳下悬崖，我才不在乎呢。你和你的酒友，再加上那个穿海军制服的臭猩猩。滚蛋。”

弗兰吉挠了挠脑袋，朝她挤眉弄眼了一分多钟。不行。他觉得没用。也许如果他们有孩子的话就好了……海军把他培养成了一个称职的通信军官，他觉得这一点颇具反讽意味。“好吧，”他慢慢说道，“那就依你。”

“你可以把大众开走，”辛迪说，“带上一些刮胡子的东西，还有一件干净的衬衣。”

“不用，”弗兰吉说着，给洛克打开门，他拿着酒瓶子，赫然出现在辛迪身后，“不用，我搭洛克的卡车走。”辛迪耸耸肩。“而且要留胡子。”他又轻声补充道。他们离开了家——匹格有点困惑，洛克自己哼着歌，而弗兰吉则开始感到恶心，那感觉如卷须渐渐攀爬，包围了他的胃——他们依次上了卡车，呼啸着离开。弗兰吉回头望去，看见妻子站在门口看着他们。他们驶离了马路，开到一条狭窄的碎石路上。“去哪里？”洛克说。

“我不知道，”弗兰吉说，“也许我要去纽约找个宾馆吧。你也可以让我在火车站下车。你有地方住吗，匹格？”

“我可以睡在名爵里，”匹格说，“不过警察很可能已经在找车了。”

“要不这样吧，”洛克说，“反正我要去垃圾场卸掉这车垃圾。我在那里认识一个看门的家伙。他就住在那里。他有很多房间。你可以住在那里。”

“好啊，”弗兰吉说，“挺好的。”他觉得这倒不错。他们朝南开，进入长岛的某个区域，只有在建房屋、商场和各种各样的小型轻工企业。又过了半个小时，车驶进城市垃圾场，停了下来。“关门了，”洛克说，“但他可以开门。”他开车拐上一条泥土路，位于焚化炉的后面，那里围着砖坯墙，还有个瓦屋顶，是1930年代一个工程振兴局的疯子建筑师设计建造的，它看上去就像是个带烟囱的墨西哥风格的大庄园。他们在路上颠簸了大概一百码，来到一个大门口。“勃林布罗克，”洛克喊道，“让我进去。我有酒。”

“好的，哥们。”一个声音从黄昏中传来。过了一会儿，一个戴着平顶帽的胖黑人打着头灯出来了，打开大门，跳上了卡车踏板。他们沿着一条漫长曲折的路驶进了垃圾场。“这就是勃林布罗克，”洛克说，“他会安排你们住下。”他们在走一个很长很宽的弧形下坡。在弗兰吉看来，他们肯定是在通向螺旋的中心，最低点。“这哥俩需要睡觉的地方？”勃林布罗克问道。洛克把情况解释了一下。勃林布罗克同情地点点头。“老婆有时候是个麻烦，”他说，“我在国内各地有三四个，不过很高兴已经把她们都甩了。不知怎么的，你们就是不知道吸取教训。”

这个垃圾场近似一个正方形，边长各为半英里，深达街面以下五十英尺，四周都是面积庞大的商品房工地。洛克说，从早到晚都会有两辆 D-8 重型推土机在此掩埋垃圾，都是从北边海岸运过来的，这些垃圾每天都会让垃圾场增高一点点，大概一英寸。当洛克倾倒垃圾时，弗兰吉看着这里半明半暗的一切，那种宿命般的悲剧感令他受到了震撼：也许五十年或更久之后的一天，这里就没有坑了，这里的底部会与在建工地在同一水平线上，而房屋也就会建在这上面。这像是乘坐某个慢得令人抓狂的电梯，你慢慢升向一个已知的高度，去拜会某张无法逃避的脸，而要商谈的事情却早已被决定。但还有别的：此时站在这个螺旋的尽头，他觉得曾有过类似的感觉，但他直到想起从前的音调和歌词，才终于想到这感觉是什么。很难想象，在装备有喷气飞机、导弹和核潜艇的现代海军里，还有人依然唱着水手的船夫曲或歌谣；但弗兰吉记得有个叫德尔加多的菲律宾船员，他负责管理军官食宿，却常在半夜跑到无线电的舱室来，带着一把吉他，坐在那里为他们一唱就是好几个小时。讲述海洋故事有很多种方法，但也许是因为那音乐使然，因为那歌词与个人传奇毫无瓜葛。尽管连传统歌谣说的都是谎话（顶多是些传说），它们就像是人们的交谈（而非哼唱），可能是在水手长的更衣室喝咖啡的时候，或发薪日在餐厅里打扑克的时候，抑或是坐在船尾的深水炸弹上等待夜场电影开映的时候，用一个更好懂的故事去代替航海怪谈。但这个船员更喜欢唱，弗兰吉对此表示尊重。他最喜欢的一首歌是这样唱的：

我在北国有一艘船，
她的名字叫金色梳妆台，
噢，我担心她会
被西班牙海盗船掳走，
因为她航行在低地之海。[28]

想掉书袋很容易，你可以说“低地”指的是苏格兰东部和南部；这首歌谣当然是源自苏格兰，但对弗兰吉来说，它总是会引发一些奇特怪诞的联想。在公海上，如果看海时有着某种特别的光线，或情绪上容易浮想联翩，所有人都会见证一种奇怪的幻觉，那就是海洋虽然是运动的，却有一定的固态性；它成了一片灰色或蓝绿色的沙漠，一片伸向地平线的荒原，你所需要做的，只是走过生命线，离开它的表面；假如你带着帐篷和足够补给，你还可以从一个城市到另一个城市去旅行。杰罗尼莫将此视为弥赛亚情结的奇怪变体，以父亲的口吻告诫弗兰吉千万不要去尝试；但对弗兰吉而言，那笼罩在云层下的巨大玻璃平原就是一种低地，它几乎是在命令人们去孤身穿越它并直达尽头；在海平面上，任何抵达都像是在寻找一个最低的、无维度的点，是对经纬线的一种独特穿越，它确保了一种完美而超然的统一性；当坐着洛克的卡车螺旋式下降时，他感觉到他们最终停下的这个点，其实是死亡的中心，它意味着低地之国的全部。每当他离开辛迪，就觉得自己可以把生活想象为变化过程中的平面，就像是垃圾场的底层所处的变化一样：从凹底或内圈变成了平地，就如同他现在所站的地方。他担心它最终可能因为星球自身收缩而凸起，他的脚下之地成了明显的曲面，因此他就如同一条投影半径那般突出在外，无遮无拦，绕转过他那微小的球面所形成的空空的月牙角。

洛克给他们留了另一瓶麝香葡萄酒，是从车座下找出来的，然后他就发动卡车，在轰隆声中驶入了沉沉的黑夜。勃林布罗克打开瓶塞，开始喝酒。酒瓶在他们中间来回传递，勃林布罗克说："来，让我们找找床垫。"他带着他们上了一个坡，绕过一段高高的围堤，经过了半英亩地的废弃冰箱、自行车、婴儿车、洗衣机、水槽、马桶、弹簧床面、电视机、锅碗瓢盆、炉子、空调，最后翻过一座小丘，来到了堆放床垫的地方。"世界上最大的床了，"勃林布罗克说，"自己选。"这里应该有几千个床垫。弗兰吉找了一个比单人床略宽的弹簧床，而匹格可能从来就不适应文明人的生活，选了一个很窄的硬床板，大概只有两英寸厚，三英尺宽。"我在别的床上睡不舒服。"匹格说。

"快点。"勃林布罗克声音不大，却很紧张。他已经爬到小山丘的最高处，回望着他们来时的方向。"快点，天差不多黑了。"

"怎么了？"弗兰吉说，他把床垫拉上坡，站在他旁边，看着远处的垃圾山，"你们晚上有贼吗？"

"差不多吧，"勃林布罗克不自在地说，"走吧。"他们缓缓地往回走，沿着来时的足迹，没人说话。到了停卡车的地方，他们朝左拐。在他们头顶上，是高耸的焚化炉，在它漆黑的高烟囱背后，天空尚有最后一抹余晖。三人走进一条狭窄的深谷，两边的垃圾堆了二十英尺高。弗兰吉感觉到，这个垃圾场就像一个被乏味乡间包围的孤岛或飞地。在这个独立的王国里，勃林布罗克是无可争议的统治者。深谷有一百码长，两边陡峭，弯弯曲曲，最后通向一个小小的谷底，里面堆满了废弃的橡胶轮胎，有汽车、卡车、拖拉机和飞机的；在中间一个稍隆起的地方，建着勃林布罗克的小棚屋。这屋子是临时搭建的，盖着沥青毡布，用冰箱门做遮挡，还有随意捡来的木头横梁、管子和盖板。"到家了，"勃林布罗克说，"现在跟我走。"这仿佛像是在走迷宫。有时，堆叠的轮胎有弗兰吉两个人那么高，稍微一碰都有可能倒掉。空气中有浓浓的橡胶味。"小心那些床垫，"勃林布罗克小声说，"别乱碰东西。我这里设了机关。"

"为什么？"匹格说，但勃林布罗克要么没听见，要么干脆不想答。他们到了小棚屋，勃林布罗克打开门。这门是用一个很大的货箱板子做的，上面加了一把大挂锁。里面一团漆黑。没有窗户。勃林布罗克点起煤油灯，在昏暗摇摆的灯光中，弗兰吉看见墙上贴满了从各种出版物上剪下来的照片，有些似乎是大萧条年代出版的。在一张色彩鲜艳的碧姬·芭铎海报旁边，贴着从报纸上剪下来的照片，一张是正做退位演说的温莎公爵，一张是燃烧起火的兴登堡号飞艇。墙上还有鲁比·基勒[29]、胡佛和麦克阿瑟。杰克·沙基[30]、"疾旋风"[31]、劳伦·白考尔[32]，还有无数其他照片在激情褪色的照片墙上，它们如娱乐小报一般短寿，在人性共有的三分钟热度过去后，就变得模糊起来。

勃林布罗克拴上门。他们放下寝具，然后坐在上面喝酒。外面刮起了小风，吹得沥青毡布噼啪直响，在小棚屋凸出的角落和不规则的拐角，有风呼啸着穿进来。不知怎么的，他们讲起了海上的故事。匹格讲他和一个叫芬尼的声呐兵在巴塞罗那偷了一架马拉的出租车。后来两人发现自己都不懂马，结果他们把马车开到海军码头上，整个翻进了海里，而后面至少有一个排的海岸巡逻队员在追他们。当他们在海里扑腾时，突然想到，正好可以游到“无畏号”航母那边去，吓唬吓唬航母上的工作人员。如果不是“无畏号”的汽艇，他们就能得逞了。这艘汽艇在他们游出一两百码后就追上了他们。芬尼试图将艇长和艇首钩扔进海里，直到某个聪明的海军少尉用点四五手枪打穿了芬尼的肩膀，这才阻止了这场好戏。弗兰吉讲他在读大学时，在春天的一个周末，他和两个哥们偷了一具当地停尸房的女尸。他们带着尸体，在凌晨三点把它运到弗兰吉的男生联谊会的宿舍，将尸体搁在联谊会主席的旁边，此人正在床上睡得不省人事。第二天早上天刚刚亮，所有能动弹的男生都一同跑去主席的房间，开始大声敲门。“好的，等一会，”里面传来一个声音，“我马上来。噢，噢，我的天。”“怎么了，文森特？”有人喊道，“里面藏着个小妞吗？”他们都开始开怀大笑。大概十五分钟以后，面如死灰的文森特哆嗦着打开门，他们便喧闹着一拥而入。他们查看床底下，又四处挪动家具，打开衣橱，但就是没找到尸体。他们很是纳闷，就拉柜子的抽屉，这时，屋外传来一声凄厉的叫声。他们冲到窗边往下看，只见一个女大学生晕倒在街上。后来才知道，文森特用三条他最好的领带打上结，把尸体吊在了窗户外面。匹格摇了摇头。“等一会，”他说，“我原以为你会讲个海上的故事。”此时他们已经把酒瓶喝干了。勃林布罗克从床底下又找出了一大瓶自酿的基安蒂葡萄酒。“我可以讲，”弗兰吉说，“不过我一下子想不起来。”但真正的原因他无法讲出口：如果你是丹尼斯·弗兰吉，如果同样的海浪不仅冲刷着你的血管，还在你的幻梦中潮起潮落，那么你就应该倾听而非讲述大海的故事，因为你和一个真实谎言的真相有时会被远远拉回到一种奇特的联结态，只要你处于被动，就能一直知觉到真相，而一旦你变得主动，就会出问题，就算不是完全违背规矩，至少也弄乱了事物的比例关系，就像观察亚原子粒子的人，在观察的动作中就改变了其运转、信息和概率[33]。所以他随便讲了些别的故事。或者说，貌似如此。他很好奇杰罗尼莫对此会有什么看法。

但是，勃林布罗克倒是有一个海上故事。曾有段时间，他搭乘各种口碑不佳的商船，辗转于港口间。在第一次世界大战后，他和一个叫萨巴雷斯的朋友在加拉加斯的海滩待了两个月。他们从一艘叫“狄德丽·奥图尔”的货轮上逃走，那船注册的国籍是巴拿马——勃林布罗克为这个细节表示歉意，但坚持说这个属实：那时在巴拿马可以注册任何东西，一艘划艇，一间海上妓院，一艘战舰，任何能浮起来的东西都行——逃跑的原因是为了躲避有严重幻想癖的大副波尔卡乔。在从王子港驶出三天以后，波尔卡乔就拿着“维里”手枪冲进了船长室，威胁要把他打成马蜂窝，除非船掉头开往古巴。下面的仓库里似乎有几箱步枪和其他轻型武器，是准备运给危地马拉一帮摘香蕉的人，他们最近联合起来，希望能推翻当地的美国影响势力。波尔卡乔打算把船夺过来，然后入侵古巴，为意大利宣誓主权，因为这个岛是哥伦布发现的，理应属于该国。为了这次哗变，他笼络了两个中国清洁工和一个有癫痫的甲板水手。船长笑了，请波尔卡乔进来喝酒。两天以后，他们趔趔趄趄地走到甲板上，喝得醉醺醺的，两人勾肩搭背搀在一起；在这两天里，他们都没有合过眼。这艘船突然遇到了狂风；所有人都忙着固定帆的下桁和移动货物，在混乱中，船长不知怎么就被浪头打翻到船下。波尔卡乔于是就成了“狄德丽·奥图尔”的主人。船上的酒已经喝完了，所以波尔卡乔决定驶向加拉加斯去进行补给。他许诺全体船员，攻打下哈瓦那的那天，每人都能分到一瓶超大瓶装的香槟酒。船刚在加拉加斯抛锚，他们就当了逃兵，靠一个酒吧女招待来赚钱养活。这位女孩名叫塞诺维娅，是亚美尼亚难民，她与他们轮流过夜，就这样持续了两个月。最后，由于某些力量的驱使——勃林布罗克也说不准是什么，可能是对大海的思念，可能是良心受到谴责，也可能是他们女恩主喜怒无常的暴脾气——他们决定去意大利领事投案自首。领事非常通情达理。他安排他们乘坐一艘开往热那亚的意大利商船，在穿越大西洋的一路上，他们就在船里铲煤，仿佛是在把它们投入地狱之火中。

这时天色已晚，大家都有点喝高了。勃林布罗克打起了哈欠。“晚安，哥们，”他说，“我明天一大早就要起来。如果你们听见什么奇怪的声音，不要害怕。这把锁很结实。”

“什么？”匹格说，“谁会进来？”弗兰吉开始感到不安。

“没有谁，”勃林布罗克说，“就是他们。他们不时就想进来，但他们还没得逞过。这里有一根管子你可以用，如果他们进来的话。”他吹灭灯，爬上了自己的床。

“好吧，”匹格说，“不过会是谁？”

“吉卜赛人。”勃林布罗克打着哈欠说。他的声音中透着倦意，快要睡着了。“他们住在这里，就是这个垃圾场，只在夜里才出来。”他沉默了，过了一会儿就打起了鼾。

弗兰吉耸了耸肩。真见鬼。好吧，周围还有吉卜赛人。他记得在他童年时，他们曾经在北岸人迹罕至的海滩上搭帐篷住。他原以为他们都消失了；他不知何故庆幸他们还在。这让他隐约觉得颇合情理；在垃圾场里住着这些吉卜赛人，这是对的，正如他相信勃林布罗克的海的真实性，相信它能包容一切，为马拉出租车和波尔卡乔的存在提供保命血浆或必要环境。更不消说，它对那个曾经年轻放浪的男人弗兰吉有多重要了，他偶尔会觉得现在的弗兰吉经历了沧海桑田之变，从过去的那个他变成了一个不那么稀罕或古怪的人。他渐渐地进入了并不安稳的睡梦中，被勃林布罗克和匹格·博丁的鼾声夹在中间。

他不确定自己睡了多久；他在一片漆黑中醒来，只凭直觉认为是凌晨两三点，或者至少是一个不适合人类感知的阴郁时刻，它反倒属于猫、猫头鹰和偷窥狂等在夜间制造动静的生物。外面的风依然在吹；他寻找着把他吵醒的那个声音。整整一分钟，什么动静都没有，但最后它还是出现了。在风中，有个女孩的声音。

“盎格鲁人，”这个声音说道，“金发的盎格鲁人。出来，从秘密通道出来找我。”

“天哪，”弗兰吉说，他摇了摇匹格，“嘿，哥们，”他说，“外面有个妞。”

匹格睁开一只惺忪的眼睛。“好啊，”他嘟哝道，“把她带进来，让我爽一把。”

“不是，”弗兰吉说，“我的意思是，她肯定是勃林布罗克提到过的吉卜赛人。”

匹格打起了呼噜。弗兰吉摸索着来到勃林布罗克身边。“嘿，哥们，”他说，“她就在外面。”勃林布罗克没理他。弗兰吉更用力地摇了摇他。“她在外面。”他重复说道，开始感觉到了惊恐。勃林布罗克翻过身，嘴里不知道说了些什么。弗兰吉把手收回来。“天哪。”他说。

“盎格鲁人，”女孩继续喊道，“来我这里。来找我，要不我就永远离开了。出来，金发皓齿的高个子盎格鲁人。”

“嗨，”弗兰吉并没有特别的说话对象，“是说的我，对吗？”他立刻明白了，不能算是找他，而更像是在找他的分身，那个曾来自强大的黑色太平洋的老水手。他踢了一下匹格。“她想让我出去，”他说，“我该怎么办啊？”

匹格睁开双眼。“先生，”他说，“我建议你出去查探一下军情。如果她长得不错，就像我说的，把她带进来，让军人来试一试。”

“好吧，好吧。”弗兰吉轻声说道。他走到门口，把锁打开，走到外面。“噢，盎格鲁人，”他听见那声音，“你来了。跟着我。”

“好吧。”弗兰吉说。他开始走在堆积的轮胎间，迂回穿行而出，同时祈祷自己不要触发了勃林布罗克的什么机关。而神奇的是，直到他几乎要走到开阔地带时才闯了祸。他并未确切意识到哪步走错了，而是突然意识到自己不知怎么搞砸了，抬头时只见一大摞雪地轮胎正摇摇欲坠，在星光中晃荡了片刻，然后整个倾覆到他身上。他此后一度不省人事。

他是被额头上冰冷的手指弄醒的，只听见一个诱人的声音：“醒一醒，盎格鲁人。睁开眼。你没事。”他睁开眼，看见了这个女孩的脸，她正睁大眼睛，焦急地俯看着他，而在她的发梢间，恰好有星星在闪烁。他正躺在通往谷底的入口。“来，”她微笑着说，“起来。”

“好的。”弗兰吉说。他有点头痛，浑身抽痛。他最后设法站起身，直到此时才看清楚她的模样。星光下的她美极了：穿着黑色裙子，腿和胳膊都露在外面，四肢纤细，颈子弧度优美，身材纤细得像一片影子。她的脸庞周围飘着黑发，头发垂在后背，就像一片黑色星云；眼睛非常大，鼻头上翘，上唇很短，牙齿很好，下巴迷人。她是一个梦中之物，这个女孩，如同天使。她大约有三英尺半那么高。弗兰吉挠了挠头。“你好，”他说，“我叫丹尼斯·弗兰吉。谢谢你救了我。”

“我是尼莉莎[34]。”她一边说，一边抬头凝望着他。

他不知道如何接着她的话往下说，可以聊的内容突然变得很有限。

虽然他有个疯狂的想法，那就是他们也许可以讨论一下侏儒问题。

她牵着他的手。“来。”她说。她拽着他走进谷底。“我们要去哪儿？”弗兰吉说。“去我家。”她回答。“很快就天亮了。”弗兰吉犹豫了一下。“别急啊，”他说，“我的兄弟们还在那边呢。我对不住勃林布罗克的好客之情。”她没有回答；他耸了耸肩，见鬼去吧。她领着他穿过了谷底，走到坡上。在围堤的最高点，有一个人形的东西望着他们，还有些其他形状的东西在黑夜中飘来飘去；不知何处还传来了吉他和唱歌的声音，还有什么正在打斗。他们走进他取床垫时曾途经的那座垃圾山，开始在一堆闪烁着星光的金属和陶瓷垃圾中前进。最后，她停在一台倒卧的通用牌电冰箱前，将门打开。“我希望你不会嫌窄。”她说着就爬到里面，消失得无影无踪。噢，天啊，弗兰吉想，我一直都在长胖，不是吗。他爬了进去；冰箱的背面是空的。“你进来就把门关上。”她从下面不知道什么地方喊道。他在恍惚中照做。一束亮光出现了，很可能是她手里拿着的手电筒，是为他指路的。他从未想到过垃圾堆居然有这么深。虽然有些地方比较窄，但他还是设法慢慢地挤、挪、钻。他在各种松垮堆放的家用电器的缝隙中前进了大概有三十英尺，最后到了一个直径四十八英寸的混凝土排管的入口。她在那里等他。“从这里开始就容易了。”她说道。他们顺着这一段缓斜的路，前进了四分之一英里，他是靠爬，而她则是走。在手电筒摇曳的光线下，在晃动的暗影之间，他看到从这里还能通往别的地下通道。她发现了他的好奇。“他们花了很长时间。”她告诉他，这整个垃圾场布满了网状的地下通道和暗室，是 1930

年代一个叫“红色末日之子”的恐怖组织修建的，目的是为革命做好准备。不过，联邦政府的人把他们都抓了起来，大约一年后，吉卜赛人就搬了进来。

他们最后到了一个死胡同，砾质土壤中有一扇小门。她打开门，他们走了进去。她点燃蜡烛，借着烛光能看见房间里挂着毛毯和画，摆着一张巨大的双人床，上面铺着丝绸床单，屋里还有一个大衣橱、一张桌子和一台电冰箱。弗兰吉有一肚子的问题要问。她告诉他这里有通风、排水、管道和电线，长岛的电力部门从来没有起过疑心；那辆卡车白天是勃林布罗克开，晚上他们就开出去偷食物和补给；勃林布罗克对他们有一种近乎迷信的恐惧，不愿向相关部门举报，唯恐他会被指控酗酒或其他更糟糕的罪名，这样他就会被炒鱿鱼。

弗兰吉发现，床上有一只灰色皮毛的耗子已经在那蹲了好一会儿了，好奇地窥视着他们。“嗨，”他说，“床上有一只耗子。”

“它的名字叫海辛瑟斯[35]，”尼莉莎说，“在你来之前，它是我唯一的朋友。”海辛瑟斯眨着眼睛，不置可否。

“真好啊。”弗兰吉说，伸手想去抚摸这只耗子。它尖叫了一声，朝后躲闪。“它很害羞，”尼莉莎说，“它会和你做朋友的。给它点时间。”

“好吧，”弗兰吉说，“这倒提醒我了。你希望我在这里待多久？为什么你要带我来这里？”

“一个叫维奥莉特的戴眼罩的老女人在很多年前给我算了命，”尼莉莎说，“她告诉我，有个高大的盎格鲁人会成为我的丈夫，他有着鲜亮的头发和强壮的臂膀，还有——”

“当然，”弗兰吉说，“是的。但是我们盎格鲁人都长这个样子。外面有各种各样的盎格鲁人都是这么高高的，金头发。”

她噘起嘴，开始流泪。“你不想让我做你的妻子。”

“好吧，”弗兰吉有点尴尬地说，“实际上，我已经有妻子了。我的意思是，我已婚了。”

她看了一会儿，仿佛被人用匕首捅了一刀，然后开始号啕大哭。

“我说的是我结婚了，”弗兰吉断然表示道，“我并没有说我过得美满。”

“请不要生我的气，丹尼斯，”她哀号着说，“别离开我。说你会留下来。”

弗兰吉想了一会儿。他的沉默突然被耗子海辛瑟斯打断，它在床上做了一个后空翻，然后开始疯狂地上蹿下跳。女孩重重地喘了口气，拿起耗子，把它抱在胸口，开始抚慰着它，低声哼着小曲。它看上去就像个孩子，弗兰吉想。这耗子就像是她自己的孩子。

然后他又想：我就奇怪了，为什么辛迪和我从来没有孩子呢。

而且：孩子会让一切都变好。让这个世界缩小成一个博西球。

他当然知道。

“好吧，”他说，“好的，我不走了。”他想，至少待一段时间吧。她严肃地抬头看着他。白色的浪花从她眼里翻涌出来；他知道，大海的生灵，正在她心中的海底绿原上，四处游弋。

熵

鲍里斯刚刚给我总结了他的看法。他是一个天气预报专家。他说，天气会继续坏下去，会有更多的灾难，更多的死亡，更多的绝望。无论哪儿都没有一点儿要发生变化的迹象……我们必须步调一致、前赴后继地朝死亡的牢狱奔去。没法逃脱。天气也不会变化。

——《北回归线》

在楼下，米特波·马利根那个违背租房规定的派对正在进入第四十个小时。厨房的地上，在一堆杂乱的空香槟酒瓶中，坐着桑多尔·罗雅斯和三个朋友，他们正在玩“海上岬角”[36]，全靠白雪香槟和安非他命保持清醒。在客厅蹲坐着杜克、文森特、克林科斯和帕可，他们围着一个被固定在废纸篓上的十五寸音箱，听着二十七瓦[37]效果下的《基辅的英雄之门》[38]。他们都戴着角质镜架的太阳镜，脸上流露出入迷的表情，抽着外形可疑的香烟，它们里面如你预料到的那样，并没有烟草，而是掺装了大麻。这群人是“安杰利斯公爵”四重奏乐队。他们为本地一个叫“坦布”的公司录唱片，在其名下有一张十寸黑胶唱片，名字叫《外太空之歌》。他们中不时有人将烟灰弹入音箱的喇叭口里，看着它们在震颤下起舞。米特波正在窗户边睡觉，胸前抱着一个空的大酒瓶，仿佛它是个泰迪熊。还有几个政府里的女孩，是在国务院和国家安全局这种地方上班的，已经在沙发和椅子上昏睡过去，其中一个睡在了厕所浴缸里。

这是1957年2月初的一天，当时在华盛顿特区附近有很多外国侨民，每当他们碰见你，就会讲他们确实打算要去欧洲，只不过现在还要在政府里上班。谁都能看出这里微妙的反讽。比方说，他们会举办多语种派对，假如新人不能胜任用三四种语言同时交谈，那么就会受到冷遇。他们会连着几周光顾亚美尼亚人开的小饭馆，并请你去狭小的厨房里吃小麦片和羊肉，那儿的墙上贴满了斗牛海报。他们会和来自安达卢西亚的靓妞搞在一起，或者勾搭一下在乔治敦大学读经济学的法国南部女孩。他们的“圣殿”是在威斯康星大街上的一个大学地下啤酒馆，名字叫“老海德堡”，当春天来临时，他们只能面对樱花，而不是欧椴树，但正如他们所说的，这种日子虽然慵懒，倒也乐在其中。

此时，米特波的派对似乎要恢复元气了。外面下着雨。雨点拍打着屋顶的焦油纸，屋檐下木滴水兽的鼻子、眉毛和嘴唇向外溅出细细的水花，窗玻璃上的雨水如涎水般滑落。昨天下了雪，前天风很大，更早前的一天阳光还让城市如四月里一般明媚，虽然日历上显示现在只是二月初。这是华盛顿一个奇怪的季节，也叫“假春”。在此期间，会有林肯诞辰日和中国农历新年，而街上则颇为冷清，因为樱花还要个把月才能开，就像萨拉·沃恩唱的那样，今年的春天要来得晚一些[39]。一般而言，那些工作日的下午去“老海德堡”凑热闹，喝着“维尔茨堡”[40]，听着《莉莉玛莲》[41]（更不用说《西格玛·奇的甜心》[42]）的人们，都是板上钉钉且无可救药的浪漫派分子。所有铁杆的浪漫派都知道，灵魂（拉丁文里叫 spiritus，希伯来语里叫 ruach，希腊文里叫 pneuma）就实体而言什么都不是，而是气；当大气发生变化时，那些呼吸着气的人自然就会有所感应。所以，除了那些公共部分——节假日、旅游名胜——还有一些私人的逶迤之事，它们亦与天气戚戚相关，就仿佛这段日子的风雨是一年光阴赋格曲的加急乐段：无常的阴晴、散漫的爱情、意外的承诺：在赋格曲中这些月份可以轻易度过，因为很奇怪的是，在此之后，二、三月的风雨和激情都无法被那个城市记起，仿佛它们从未发生过一般。

《英雄之门》最后的几个重低音轰鸣着穿过地板，将卡里斯托从并不安稳的睡梦中唤醒。他最先意识到的，是他双手轻捧着贴在身上的一只小鸟。他在睡枕上侧过头，低下眼睛冲着它微笑，看着它低垂的蓝色脑袋和病恹恹合上的眼睛。他很想知道自己还要继续这样抚慰它多少个夜晚，才能让它康复过来。他已经有三天都是这样抱着它：这是他唯一知道让它恢复健康的办法。他身边的女孩也被弄醒了，嘟哝了几声，用手臂盖住自己的脸。其他几只小鸟在清晨最初的几声试啼和聒噪，混在雨声里，它们藏身在喜林芋和贝叶棕里：一片片鲜红色、黄色和蓝色点缀在温室丛林里，这样一个卢梭[43]式的幻想之物花了他七年时间才布置好。此处空气密闭，在城市的混沌喧闹中，它自成一隅，小巧有序，与外界隔绝，完全不用理会天气、国内政治和任何公民运动的变幻无常。卡里斯托通过不断摸索，已让这里的生态平衡趋于完美，女孩则帮助其达到了艺术的和谐，以至于这里植物的摇摆，鸟类和人类居民的活动，都成了不可或缺的组成部分，就如同一个完美运作中的动态雕塑[44]的律动。他和那个女孩当然都是这个庇护所中无法缺少的，他们已经成了这个整体必要的一部分。他们如果需要外界的东西，就找人送过来。他们自己并不出去。

“它还好吗？”她低声说。她面朝他躺着，如同一个黄褐色的问号，眼睛突然变得很大，乌黑发亮，慢慢眨着。卡里斯托用一根手指挠了挠鸟脖子下面的羽毛，轻轻地爱抚着它。“它会好起来的，我想。你看，它听见朋友们开始苏醒过来了。”女孩还没完全醒来时，就听到了雨声和鸟声。她的名字叫奥巴德：她有法国人和安南人[45]的血统，住在自己奇特而孤独的星球上，在那里，云朵和凤凰木的气味、酒的苦涩和偶尔触碰她后腰的手指、贴着她乳房的羽毛，都不可避免地蜕变成了声音：就像是从不和谐的暗黑号叫中不时飘出的音乐。“奥巴德，”他说，“去看看。”她顺从地站起身，走到窗户前，拉开窗帘，过了会说道：“三十七。还是三十七。”卡里斯托皱了皱眉。“那么，从周二开始，”他说，“没有变化。”比他要早三代人的亨利·亚当斯曾为“能量”感到错愕；卡里斯托现在觉得，自己对于热力学，对于那种能量的内在生命，也几乎是同样的错愕，他像先辈们一样意识到，圣母马利亚和发电机一样，既代表了爱，也代表了能量；他还发现这两者实际上是相同的，所以爱不仅让这个世界生生不息，还让博西球转动，让星云旋进。正是后者（恒星问题）让他感到困扰。宇宙学家已预言，宇宙最终会走向热寂（有点像地狱边境：形式与运动被消灭了，此处的热能在任何一个点上都是相等的）；而气象学家们则日复一日地用不断变化的气温值，让人们暂时放宽心，不用相信这一切。

但是迄今已经三天了，尽管天气多变，水银柱却一直停留在华氏三十七度。卡里斯托疑心这是末日的征兆，便在被单下动来动去。他的手指更用力地压住这只鸟，仿佛需要某种脉冲或受难，以保证气温能尽早发生变化。

最后那声铜钹的震响，让这一期待得以实现。当垃圾篓上那些整齐晃动的脑袋停下来时，米特波被猛地震醒了，这令他很不爽。最后的嘶嘶声在房间里停留了一会儿，然后就融入屋外簌簌的雨声中。“啊啊嗷嗷。”米特波望着空酒瓶，默默地嘀咕了一下。克林科斯慢慢地转过身，微笑着递上一支香烟。“喝茶时间到了，兄弟。”他说。“不，不，”米特波说，“我要和你们这些家伙说多少遍。在我这里不行。你们应该知道，华盛顿到处都是联邦调查局的人。”克林科斯看上去有些伤感。“天哪，米特波，”他说，“你真是什么都不想干了。”“有狗毛[46]吗。”米特波说。“想得美。还有果汁吗？”他开始拖着步子向厨房走去。“没有香槟，我觉得没了，”杜克说，“冰箱里还有一箱龙舌兰。”他们放上一张厄尔·波斯蒂克[47]的唱片。米特波在厨房门口停了下来，怒视着桑多尔·罗雅斯。“柠檬。”他想了一会儿说道。他缓缓走到冰箱前，拿出三个柠檬和一些冰块，找到龙舌兰酒，开始让神经系统慢慢恢复秩序。他曾经在切柠檬时割破过手，所以必须用两只手来挤压柠檬，然后用脚来敲碎冰盒。但是大约十分钟之后，他居然发现自己奇迹般地搞出了一杯龙舌兰酸味鸡尾酒。“看上去不错啊，”桑多尔·罗雅斯说，“给我也做一杯，怎么样？”米特波冲着他眨了眨眼。“Kitchi lofass a shegitbe.[48]”他脱口就这么回了一嘴，然后溜达进洗手间里。“喂，”过了会儿，他自顾自地喊了一嗓子，“我说，浴缸里好像躺着一个姑娘啊。”他搭上她的肩膀，摇了摇她。“干吗？”她说。“你看上去不太舒服。”米特波说。“嗯。”她表示赞同。她跌跌撞撞走到淋浴间，打开冷水，盘腿坐在喷水柱下。“好点了。”她笑着说。

“米特波，”桑多尔·罗雅斯从厨房里喊道，“有人想从窗外进来。我想是个贼。走楼上窗户进家的贼。”“你担心什么呀，”米特波说，“我们在三楼。”他快速跑回厨房。一个头发蓬乱、愁眉苦脸的人站在外面的防火通道上，用手指甲刮着窗玻璃。米特波打开窗户。“索尔。”他说。

“都湿透了，”索尔说，他爬了进来，身上还在滴水，“我猜你都听说了吧。”

“米莉安把你甩了，”米特波说，“我听人大概是这么说的。”

突然，传来一阵急促的敲门声。“进来吧。”桑多尔·罗雅斯喊道。门开了，是乔治·华盛顿大学的三个女生，她们都是哲学专业的。她们每人手里都握着一瓶基安蒂葡萄酒。桑多尔一跃而起，冲到客厅里。“我们听说这里有个派对。”一个金发姑娘说。“有新人加入啊。”桑多尔大叫道。他从前是匈牙利的自由斗士，很容易染上一种极重的慢性病，在某些批判中产阶级的人口中，这种症状被称为“哥伦比亚特区唐璜病”。Purche porti la gonnella, voi sapete quel che fa.[49] 桑多尔就像巴甫洛夫的狗：只要有女低音或琶音香水的味道传来，他就会开始流口水。米特波睡眼惺忪地看着这三个人走进厨房；他耸了耸肩。“把酒放到冰箱里，”他说，“早上好。”

房间里还是一片墨绿的晦暗，奥巴德脖子如一把金色的琴弓，弯腰趴在一叠大页书写纸上，飞快地写着什么。“年轻时在普林斯顿，”卡里斯托一边口述，一边让小鸟紧贴着自己灰色的胸毛，“卡里斯托学会了一种记忆法来背热力学定律：你们赢不了，事物将在变好之前只会更糟，谁说一切会朝好的方向发展。五十四岁时，当他读到吉布斯[50]的宇宙观，才突然明白本科时的那些行话居然成了神谕。对他而言，那如细长迷宫般的方程式，预见了一种终极的宇宙热寂。当然，他一直都知道引擎和系统只有在理论上才可能实现百分之百的效能；他还了解克劳修斯的定律，即孤立系统的熵值总是不断增加的。然而，直到吉布斯和玻尔兹曼[51]将统计力学的方法运用到该定律中，他才幡然领悟这个东西可怕的重要性：他那时才明白，孤立的系统——星系、引擎、人类、文化，无论什么——都同时朝着这个‘更可能的状态’进化。所以，在这个濒死的中年哀秋，他被迫对迄今所学的一切进行彻底的重估；所有的城市和季节，所有他生活中随意的激情，现在都必须要从一个全新的、含混的角度进行考察。他不知道自己是否能胜任这一任务。他意识到这里存在归谬论证的风险，他希望自己能足够坚强，不会滑到羸弱的宿命论所代表的优雅堕落中去。他一直都怀着一种充满活力的意大利式悲观主义：就像马基雅维里，他接受德性与时运[52]处于大概五五开的比例；但是这些方程现在引入了一个随机的因子，它让概率变得难以形容，难以确定，他害怕去计算这一切。”在他周围，隐约显露着温室的轮廓；这个可怜的小心脏贴着他的心在跳动。女孩还听见了鸟儿的啁啾，这个湿漉漉的早晨断断续续传来的汽车喇叭声，还有厄尔·波斯蒂克偶尔飙出的高音从地板中穿透上来，跟他的话一起组成了复调乐。她世界的纯然构成总是陷于那些无秩序状态的危险中：缝隙、凸块和歪线，平面的移动和倾斜，她必须不断调整自己，去适应这些变化，以防自己的整个世界碎落成一堆无意义的分离信号。卡里斯托曾经将这个过程描述为一种“反馈”：她每夜都精疲力竭地进入梦乡，并痛下决心不让自己放松警惕。甚至当卡里斯托和她做爱的短暂时刻，在如琴弦般紧绷的神经即兴拉出的双音之上，仍然翱翔着她坚定意志的弦乐。

“但是，”卡里斯托继续说道，“他发现，熵或封闭系统的混乱值构成了一个充分的比喻，能运用于他自己世界中的某些现象。譬如他发现，年轻的一代对于麦迪逊大街的怨怒，就和当年他们年轻时对华尔街的态度一样：在美国‘消费主义’中，他发现了一种类似的趋势，即从最不可能到最可能，从差异到相同，从有秩序的个性到一种嘈杂混乱。简言之，他发现自己在用社会学术语重新阐述吉布斯的预言，从而预见到自身文化的热寂，在这种热寂中，思想就如同热能，再也不能被传递，因为它其中的每一个点都会最终拥有同样的能量值；相应的，知识的运动也会停止。”他突然抬头瞥了一眼。“现在检查一下。”他说。她又站起身，看了一下温度计。“三十七，”她说，“雨停了。”他快速低下头，把嘴唇贴到颤抖的翅膀上。“很快就会变的。”他说话时，努力让自己的声音保持坚定。

坐在炉子上的索尔看上去就像一个被孩子莫名其妙拿来发泄怒火的大布娃娃。“出什么事了，”米特波说，“我的意思是，如果你愿意讲的话。”

“当然，我愿意说，”索尔说，“我干了件事，我揍了她。”

“规矩还是应该有的。”

“哈哈。我真希望你当时也在。噢，米特波，这架打得很有趣。她最后拿一本化学物理学手册砸我，不过没打中，直接从窗户飞出去了，当玻璃碎掉时，我想她心里也有什么碎了吧。她气急败坏地哭号着冲出屋子，跑进雨里，也没有穿雨衣什么的。”

“她会回来的。”

“不会了。”

“好吧。”米特波很快又说，“毫无疑问，这可是惊天动地的大事。就像把萨尔·米涅奥[53]和里基·纳尔逊[54]拿来比。”

“事情的起因，”索尔说，“是传播学理论。当然，这让吵架变得好玩极了。”

“我对传播学理论一无所知。”

“我妻子也不懂。说白了，谁懂呢？就是个笑话。”

当米特波看见索尔脸上浮现出那种微笑，他说道：“想来点龙舌兰什么的吗？”

“不用。我的意思是，对不起，不用了。这个领域是能让人得失心疯的。你得不停地提防着警察：树丛后面，角落旁边。MUFFET 是头等秘密。”

“什么？”

“多单元阶乘域电子制表机[55]的首字母缩写。”

“你们就为这个吵架。”

“米莉安又开始读科幻小说了。读那个，还有《科学美国人》。她似乎就像我们说的，迷上了那种模拟人类行为的计算机。我犯了个错误，我说你其实反过来说也可以，把人类行为说成是写进 IBM 电脑的程序。”

“为什么不对呢？”米特波说。

“是啊，没什么不对。事实上，这对于交流至关重要，更别提信息论了。可是当我说到这里，她就暴跳如雷，气得肺都要炸了。我对此没法理解。如果这问题有答案，我应该知道的。我没法相信政府竟然在我身上浪费纳税人的钱，有那么多更重要、更好的地方去浪费钱。”

米特波噘了噘嘴。“也许她觉得你的行为就像一个冷酷非人、没有道德感的科学家。”

“我的天，”索尔挥了挥手，“非人。我身上的人性还不够？我操心，米特波，我真的操心。最近北非有些欧洲人只是因为说错了话就被割掉了舌头。只有欧洲人才觉得自己的话是正确的。”

“语言障碍。”米特波说。

索尔跳下炉子。“那个，”他怒气冲冲地说，“可以竞选本年度最恶心笑话了。不对，老兄，这不是什么障碍。非要说的话，它是一种渗漏。对一个女孩说：‘我爱你。’这句话三分之二都没问题，它是一个闭合的回路。只有你和她。但中间那个讨厌的四个字母组成的词，你可要好好防着它。含混。累赘。甚至无关。渗漏。这个就是噪音。噪音会破坏你的信号，导致回路的混乱。”

米特波踱来踱去。“唉，我说，索尔，”他低声抱怨说，“你似乎有点期待过高。我的意思是，你懂的，实际上，我们说的大部分东西，我猜基本上都是噪音。”

“哼！譬如你刚刚说的一半就是。”

“嗯，你也是。”

“我知道。”索尔笑得很凝重，“真烦人，对吧。”

“我想只有这样离婚律师才不会失业。哎呀。”

“唉，我不是敏感的人。而且，”他皱了皱眉，“你是对的。我觉得大部分‘成功的’婚姻——米莉安和我直到昨天晚上还算是——都是建立在妥协之上的。你从来都无法达到最高效能，通常你只有一个维系某种东西的最低基础。我想，这个就叫‘过日子’。”

“啊啊啊啊。”

“没错。你觉得那个有点像噪音，对吧。但噪音的内容却因人而异，因为你是个单身汉，而我不是。或者，过去不是。真见鬼。”

“好吧，当然，”米特波试图配合他一下，“你用的词不一样。你说‘人类’这个词时，指的是能像电脑一样去看待的某种东西。它帮助你在工作上更好地进行思考。但是米莉安的意思就完全——”

“见鬼。”

米特波陷入了沉默。“我还是喝点吧。”索尔过了会说道。

牌局已经终止了，桑多尔的朋友们喝着龙舌兰，已经渐露醉意。在客厅的沙发上，一个女大学生正和克林科斯谈得火热。“不，”克林科斯说，“不，我不能让戴夫出糗。其实呢，我是非常佩服戴夫的。尤其是想到他经历的那次意外。”女孩的笑容消失了。“真可怕，”她说，“什么意外？”“你没听过吗？”克林科斯说，“那时戴夫还在军队里，只是个二等兵，他们派他去橡树岭[56]执行特殊任务，和曼哈顿计划有关的。有天他处理危险品，结果受了过量辐射。现在他整天都要戴着铅质手套。”她同情地摇了摇头。“这对于一个弹钢琴的人来说是多么可怕啊。”

米特波给索尔扔下一瓶龙舌兰，打算去柜子里睡觉，结果这时前门被砰地推开，美国海军的五位军人闯入了此处，每人对这里都带着一副深恶痛绝的表情。“就是这地方，”一个胖胖的长满痘痘的海军二等兵喊道，此人的白帽子也不知哪去了。“长官说的那个窑子就是这里了。”一个看上去很精瘦的帆缆下士副官把他推开，开始仔细搜查客厅。“你说得对，思拉布，”他说，“但看上去不怎么样啊，甚至在国内也算不上啥。我在意大利那不勒斯见过更棒的妞。”“怎么个好法，嗨。”一个腺体肥大的高个子水兵瓮声瓮气地说，他手里拿着玻璃瓶，里面装满了自酿威士忌。“噢，我的天。”米特波说。

外面的温度依然稳定在华氏三十七度。在温室里，奥巴德心不在焉地站着，轻抚着一株幼小的含羞草的枝叶，聆听着它汁液涌动的主题曲，这是那些娇弱的粉红花朵奏出的质朴未决的希冀主题，据说它能确保旺盛的生殖力。那音乐如交缠的窗纹图案一般升起：整饬有序的阿拉伯花式乐曲，与楼下派对即兴响起的杂音形成赋格乐一般的争锋，时而直插顶峰，时而逶迤盘绕。她需要动用身体里全部的卡路里，才能让那宝贵的信噪比达到微妙的平衡，当她注视着卡里斯托呵护小鸟时，信号和噪音就在这羸弱瘦小的脑袋里，如跷跷板一般此起彼落。卡里斯托一边抚弄着手中那个柔软的肉团，一边尝试着去面对任何热寂的思想。他在寻找对应。当然，萨德是。还有坦普·德雷克，在《圣殿》[57]的结尾，她在巴黎那个小小的庄园里，憔悴而绝望。最后的均衡。《夜森林》[58]。还有探戈。任何探戈，但最典型的恐怕要数斯特拉文斯基的《士兵的故事》[59]中那悱恻病态的舞蹈。他想到了过去：战后的探戈音乐对他们而言曾经意味着什么？在咖啡馆舞厅里所有那些庄严搭对的僵硬舞蹈中，在他自己舞伴的眼睛背后那嘀嗒作响的节拍器中，他究竟错失了怎样的意义？甚至连瑞士洁净而持久的风都无法治愈西班牙流感：斯特拉文斯基得了这病，他们所有人都得了。在帕斯尚尔[60]之后，在马恩河[61]之后，究竟还有多少音乐家存活下来？这里要用到七种乐器：小提琴、低音提琴、单簧管、巴松管、短号、长号和定音鼓。仿佛任何一个不入流的杂耍团都开始在表达力上向正规乐池管弦乐队去看齐。在欧洲几乎已经找不到一个人员齐整的乐队团体。然而，斯特拉文斯基用小提琴和定音鼓就试图在探戈中传递出某种疲惫和窒息，就像人们在那些油头粉面、尝试模仿弗农·卡索尔的年轻人以及他们毫不在乎的情人们身上所看到的一样。Ma maîtresse[62]。莎莉斯特。第二次世界大战后他回到了尼斯，发现那家咖啡馆已经变成了一个香水商店，专门迎合美国游客。人行道上再也没有她神秘的芳踪，隔壁的旧膳宿公寓也看不到她的影子；没有什么香水可以媲美她芬芳的气息，那是一种她常喝的西班牙甜酒的味道。他于是只能买了一本亨利·米勒的小说，动身去巴黎。他在火车上读了那本书，所以当他到达时，多少已经有了点不祥预感。他发现今非昔比的不只是莎莉斯特和另一些人，甚至也不只是坦普·德雷克。“奥巴德，”他说，“我头疼。”他发出的声音在女孩身体里激发了一段应答的旋律。她朝着厨房、毛巾和冷水走去，他的目光追随着她，形成了一支奇巧的卡农曲；当她把敷布放在他额头上时，他充满感激的叹息似乎昭示着一段新的主题，那也意味着另一系列的转调。

“不，”米特波还在说，“不，恐怕这里不是。这里不是那种地方。很抱歉，真的。”思拉布很坚决。“但是头儿说了。”他一直在重复。水兵提出可以拿这瓶自酿威士忌换个好点的妞。米特波抓狂地看着周围，仿佛想找援军。在房间中央，“安杰利斯公爵”四重奏乐队正专注于一个重大时刻。文森特坐着，而其他人站着：他们正在装模作样地集体演奏一段，只是没用乐器。“喂。”米特波说。杜克动了几下脑袋，浅浅地一笑，点上根烟，最后才看到米特波。“安静，哥们。”他低声说。文森特开始握紧拳头，甩起了胳膊；然后，他突然静止了下来，接着又重复了几次这个动作。这样持续了几分钟，而米特波只是郁闷地啜饮着自己的酒。海军那帮人撤到厨房去了。最后，在一个无形信号的提示下，乐队的人停止了踏脚，杜克笑着说：“至少我们是同时停的。”

米特波瞪了他一眼。“听着，”他说，“我有个新想法，哥们，”杜克说，“你记得和你同名的那个人吗。你还记得格里[63]吗？”

“不记得，”米特波说，“我会记得四月[64]，这么说管用吗。”

“事实上，”杜克说，“是《出售爱情》[65]。这倒显出你知道多少。关键是，我想说马利根，切特·贝克[66]，还有那个乐队，在当年那个地方。你明白了？”

“上低音萨克斯管，”米特波说，“是关于上低音萨克斯管。”

“但是没有钢琴，哥们。没有吉他或手风琴。你知道这意味着什么。”

“不太清楚。”米特波说。

“好吧，我首先要说，我不是明格斯[67]，不是约翰·刘易斯[68]。理论从不是我的强项。我的意思是，读书对我而言总是件难事——”

“我知道，”米特波冷冷地说，“你被人吊销了会员证，因为你在基瓦尼斯俱乐部[69]的野餐会上演奏《生日快乐》时改了调子。”

“是扶轮国际[70]。但是我突然想到，灵光一现那种，假如说马利根的第一个四重奏乐队没有钢琴，那只可能意味着一件事情。”

“没有和弦。”长着一张婴儿脸的低音乐手帕可说。

“他想说的是，”杜克说，“没有根音和弦。当你吹奏横向谱线时，就没有音可以听。遇到这种情况，人们只能去想象那个根音。”

米特波大骇之下渐渐明白了。“接下来的逻辑延伸是……”他说。

“就是想象任何事情，”杜克颇具威严地宣称，“根音，谱线，一切。”

米特波看着杜克，充满敬畏。“但是。”他说。

“好吧，”杜克谦虚地说，“还有几个小漏洞需要填补。”

“但是。”米特波说。

“听好了，”杜克说，“你会明白的。”然后他们又重新进入轨道，大概是在小行星带附近。过了一会，克林科斯做了个吹奏铜管乐器时的口型，手指开始动了起来，而杜克则用手拍打着自己的额头。“笨蛋！”他大声叫喊道，“我们正在用的新符头，你记得吗，我昨天夜里写的？”“当然，”克林科斯说，“新符头。我在过渡乐句加入。你所有的符头我都在那时候加进去。”“对，”杜克说，“那为什么——”“怎么了，”克林科斯说，“十六个小节，我等着，我进入——”“十六？”杜克说，“不。不是，克林科斯。你要等八个小节。你想让我唱出来吗？带着唇膏印记的香烟，飞往浪漫之地的机票。”克林科斯抓了抓脑袋。“你的意思是，《那些愚蠢的东西》[71]。”“是的，”杜克说，“是的，克林科斯。干得漂亮。”“不是《我会记得四月》。”克林科斯说。“Minghe morte.[72]”杜克说。“我就觉得我们演奏得有些慢了。”克林科斯说。米特波咯咯笑了。“另起炉灶吧。”他说。“不是，哥们，”杜克说，“回到密闭的虚空。”然后他们又开始演奏，不过似乎帕可弹成了升G调，而其他人却是降E调，于是他们只能从头来过。

厨房里，两个来自乔治·华盛顿大学的女孩正在和水手们一起唱“让我们一起去，对着福莱斯特撒尿”[73]。在冰箱旁边正在进行两只手、两种语言的猜拳游戏。索尔将几个纸袋里装满水，坐在防火通道上，然后将袋子扔到街上的行人身上。有个在政府工作的胖女孩，最近刚和“福莱斯特”号上的海军少尉订了婚，穿着本宁顿运动衫，低着脑袋冲进了厨房，一头撞到了思拉布的腹部。思拉布的兄弟们一拥而入，以为这下有好由头可以打架了。玩猜拳的人正顶着鼻子，声嘶力竭地吼着三和七[74]。米特波从浴缸里拉出来的那个女孩在淋浴间叫着她要淹死了。她似乎坐在了地漏上，水现在漫到她脖子口。米特波公寓里的噪音已经达到了持久而骇人的顶点。

米特波站在那儿看着，懒洋洋地抓着自己的肚皮。按他的想法，现在只有两种对策：（1）把自己锁到柜子里，也许最后他们就都散了；（2）试着逐一让每个人安静下来。对策（1）当然是更具吸引力的选项。但这时他开始想那个柜子。里面黑黢黢的，又不透风，他将一个人待着。他并不喜欢独处。而且，这帮从"棒棒糖"号（或别的啥名字）下来的船员可能会发飙踢倒柜子门，只为了寻开心。假如真这样，他至少会感到很尴尬。另一种方式更加折磨人，但也许从长远看更好。

于是，他决定想办法让这个已经出格的派对不要堕落成彻底的混乱：他把酒拿给了水手们，把猜拳的人分开；他把在政府工作的胖妞介绍给了桑多尔·罗雅斯，他能让她摆脱消沉；他帮助淋浴间的女孩擦干身子，然后扶她上了床；他又和索尔谈了一次；他打电话叫人来修理冰箱，有人发现它已经坏了。他一直干到夜幕降临，此时大部分狂欢者已经睡了过去，派对即将晃晃悠悠地进入第三天。

楼上的卡里斯托正无助地沉浸在往事中，并未察觉到那只鸟微弱的颤动开始变缓和衰竭。奥巴德站在窗户旁边，思绪却在自己可爱的世界的灰烬中漫游；温度维持不变，天空整个变成了晦暗的灰色。这时，楼下的某个动静——女孩的尖叫，翻倒的椅子，掉在地板上的杯子，他永远都无法确切地知道是什么——刺破了那个隐秘的扭曲时间，他意识到了小鸟在衰竭，肌肉在收缩，小鸟的头在轻微摇动；他自己的脉搏开始跳动得更加厉害了，仿佛是在做出补偿。“奥巴德，”他微弱地喊道，“它快死了。”女孩痴痴地穿过温室，低头凝视着卡里斯托手中的鸟。两个人就保持那种姿态，持续了一分钟，两分钟，而鸟儿嘀嗒的心跳安详地走向减弱，直至最终静止。卡里斯托缓缓抬起头。“我捧着它，”他不满地说，语气中带着无力，“给它我身体的温暖。这几乎就像我在把生命传递给它，或者说，一种生命的感觉。结果发生什么了？热的传递已经停止了吗？再也没有……”他并未说完。

“我刚刚在窗边。”她说。他恐惧地瘫倒下去。她又站了一会儿，犹疑不决；她很早之前就感觉到了他的痴迷，发现那个恒久不变的三十七现在已是定数。突然，她仿佛看见了这一切所指向的不可避免的唯一结局，不等卡里斯托开口说话，就飞快跑到窗边，扯下了窗帘，用两只纤细的手击破了玻璃，这让她的手鲜血直流，肉里的玻璃碴子闪闪发光。她转身看着这个床上的男人，陪他一起等待，直到达到平衡的时刻，直到屋外和屋内都变成华氏三十七度，且永恒不变，而他们各自生命中那高翔的古怪属音将融入黑暗的主音之中，进入那个所有运动都最终消失的地方。

玫瑰之下

随着午后时光的推移，黄色的云朵开始在穆罕默德·阿里广场的上空聚集，留着一星半点的云卷朝着利比亚沙漠的方向飘去。从西南方吹来的风静静地掠过易卜拉欣路，穿过广场，把沙漠里的凉意带到城里。

那就下点雨吧，泼潘提恩想：快下雨吧。他坐在一家咖啡馆门前的铁质小桌边，抽着土耳其香烟，喝着第三杯咖啡，长外套则搭在旁边椅子的靠背上。今天，他穿了浅色花呢衣，戴着一顶毡帽，上面系着一块平纹细布，以保护脖子不受暴晒；他对阳光总是有些戒心的。云聚拢过来，天渐渐阴了。泼潘提恩在座位上挪了挪屁股，从西装背心口袋里拿出一块表，看了看时间，又放了回去。他转过身，看着广场上熙熙攘攘的欧洲人：有的人正急着进奥斯曼帝国银行，有的人在商店橱窗外溜达，或坐在咖啡馆里。他精心设计了自己的表情：沉着淡然，却又带着浪子的期待；他就像是要在这里和女士约会。

所有这一切都是做给那些关注者们看的。天知道究竟有多少人。其实，他们就是指老牌间谍莫德威尔普的那帮手下。不知为何，人们总喜欢在提到他时加一句“老牌间谍”。这也许是一种复古的用法，在过去，这种昵称是对英雄主义或男子气概的一种褒奖。或者，这可能是因为一个世纪正迅速走向尾声，随之终结的是一种间谍传统——那时，人们默认一切应依绅士风范来行事；那时，伊顿公学的操场塑造了（可以这么说吧）入伍前的行为操守，所以，“老牌间谍”这一标签可以确保那人在这个特别的上流社会占据一席之地，直到死亡—— 个体或集体意义上的死亡——以刺芒使之永归宁静。而泼潘提恩本人则被那些关注者们称为“单纯的英国人”。

上个星期在布林迪西，他们如往常一样不断地展现同情心，这给予了他们某种道德优势，他们懂得自己的做法令泼潘提恩无法回敬。因此，他们谨小慎微地设计追踪路线，冷不丁地与他在旅途上相逢。同样，他们也效仿了他的私人策略：住在客人最多的酒店，坐在游客爱去的咖啡馆，总是选最光明正大的路线旅行。这当然令他尤其气恼；就好像这种巧扮的单纯是泼潘提恩的发明，只要是别人——尤其是莫德威尔普的间谍们——用了这一招，那就属于侵犯专利。如果可能的话，他们还会盗用他那儿童般的眼神，那胖天使般的微笑。对于他们的这种意气相投，他近十五年来一直是唯恐避之不及；那时是 1883 年的一个冬夜，在那不勒斯的布里斯托酒店大堂里，你所认识的间谍共济会全部成员似乎都在那里等待。他们所等待的，是喀土穆[75]的沦陷，是阿富汗危机的不断恶化，直到人们可以称之为世界的末日。他去那里见到了已显老态的莫德威尔普，这位赢家或大师；他知道在这场游戏当中，迟早会有这么一天。他感到这位老人的手关切地摩挲着他的手臂，听见对方真诚的私语：“事情快到头了；我们也许都会参与，所有人。要小心。”如何回应？还能怎么回应？只能是小心观察，几近急切地寻找虚情假意的蛛丝马迹。当然，他什么都没找到；于是，他很快怒火中烧，无法掩盖自己的无助之感。在此后的历次遭遇中，泼潘提恩都是如此这般，搬起石头却砸了自己的脚，所以等到了1898年的炎夏，他已俨然练就了一副冷石心肠。他们还继续用这种屡试不爽的方法：从不追踪他的生活，从不破坏行规，虽然做有些事已成了他们的乐子，但仍克制行事。

他如今坐在这里，怀疑在布林迪西见到的两人是否有谁跟踪他到了亚历山大。他可以肯定在威尼斯的船上并未看见他们，但这种可能性还是存在。有一艘奥地利劳埃德[76]的邮轮从的里雅斯特[77]出发，中途经停了布林迪西，这是他们唯一可选的另一艘船。今天是星期一。泼潘提恩是周五离开的。的里雅斯特的船周四起航，周日晚些时候到达。所以：（1）第二糟糕的情形是，他还有六天时间；（2）最坏的可能，他们已经知道了。在这种情况下，他们已在泼潘提恩之前离开，并且已经到了这里。

他看着太阳渐渐暗下去，看着风将穆罕默德·阿里广场的刺槐树叶子吹得啪啪直响。远处有人喊他的名字。他转过身，看见了头发金黄的古德费罗，他兴高采烈地沿着谢里夫帕夏街向他大步走来，身上穿着一件大礼服，头上戴着一顶大了两个码子的太阳帽。“喂，”古德费罗喊道，“泼潘提恩，我见到了一位特别迷人的年轻女士。”泼潘提恩又点了一根香烟，闭上眼睛。古德费罗身边的所有年轻女士都很漂亮。在当了两年半的搭档之后，他已经习惯了古德费罗的右臂会不断引来女性的依偎：

就仿佛欧洲的每个首都都是马盖特，而海滨的散步路有如大陆那么漫长。假如古德费罗知道他一半的薪水都按月寄给了在利物浦的妻子，那么他至少不露声色，照样在那儿乐颠颠地嬉笑疯闹。泼潘提恩看过他搭档的卷宗，但已经决定不掺和他妻子这档事。他一边听古德费罗说，一边看他拉出一把椅子，用糟糕的阿拉伯语来招呼服务员："Hat fingan kahwa bisukkar, ya weled.[78]"

"古德费罗，"泼潘提恩说，"你犯不着这样——"

"Ya weled, ya weled."古德费罗大声说。服务生是法国人，并不懂阿拉伯语。"啊，"古德费罗说，"那就咖啡。Café，你懂吧。"

"旅馆怎么样？"泼潘提恩问。

"非常好。"古德费罗住在距离这里七个街区的科迪瓦酒店。因为财政上临时出了点状况，所以只能允许一个人维持平常的食宿标准。泼潘提恩则在土耳其广场和一个朋友同住。"关于这个女孩，"古德费罗说，"今晚在奥地利领事馆有个派对。陪她的人，是古德费罗：语言学家，冒险家，外交家……"

"名字？"泼潘提恩说。

"维多利亚·列恩。和家人来旅行的，他们分别是阿拉斯泰尔·列恩爵士，英国皇家风琴师学会会员，还有妹妹米尔德里德。母亲过世了。明天就要出发去开罗。库克[79]的尼罗河之旅。"泼潘提恩等他接着说。"还有个神经不正常的考古学家，"古德费罗似乎有些不情不愿，"叫什么班戈－夏弗兹伯里。年纪轻轻，脑子糨糊。不具危害性。"

“噢。”

“切。太亢奋了。应该少喝点咖啡。”

“也许吧。”泼潘提恩说。古德费罗的咖啡来了。泼潘提恩继续说:“你知道我们最后都是要看运气的。我们总是这样。”古德费罗心不在焉地笑了，搅了搅自己的咖啡。

“我已经采取行动了。为了争得这个年轻女士的芳心，我要和班戈-夏弗兹伯里好好拼一下。这人是个十足的蠢货。他着了魔地想去看卢克索[80]的底比斯废墟。”

“当然。”泼潘提恩说。他站起身，把长外套搭到肩上。开始下雨了。古德费罗递给他一个白色小信封，反面有奥地利的饰章。

“八点，我猜。”泼潘提恩说。

“说得对。你一定要见见这个女孩。”

此时，泼潘提恩突然浑身一紧。这份职业很孤独，总是需要严阵以待，虽然并非总是生死考验。所以，每隔一段时间，他就需要扮扮小丑。“疯闹一下”，他是这样形容的。他相信，这样做会让他更有人情味。“我会戴着假胡子去，”他告诉古德费罗，“假扮成一个意大利的伯爵。”他乐呵呵地笔挺站立，假装握住一只手:“亲爱的小姐。”他弯下腰，亲吻了空气。

“你疯了吧。”古德费罗开心地说。

“疯狂的儿子！”泼潘提恩开始用意大利语唱起了起伏的男高音。“看吧，我如何又哭又求……”他的意大利语并不算好，不时夹杂着伦敦东区英语的腔调。一群英国游客急匆匆从外面进来躲雨，好奇地回头瞅他。

“够了，”古德费罗皱起眉头，“是在都灵，我记得。托里诺，对吗？九三年。我护送一个后背上有痣的侯爵千金，克里莫尼尼唱了《德古耶》。你，泼潘提恩，亵渎了这份回忆。”

但泼潘提恩如小丑般腾空跃起，用脚跟磕出声响；他拿腔作势地站着，拳头放在胸口，另一只胳膊伸向前方。“当我乞求宽恕！”服务生哭笑不得地看着他们。雨下大了。古德费罗坐在雨中，喝着咖啡。雨点敲打着他的太阳帽。“妹妹还不错，”他看着泼潘提恩在广场上肆情玩闹，“米尔德里德，你知道的。虽然只有十一岁。”最后，他发现自己的燕尾服快要湿透了。他站起身，留了一皮阿斯特加一米利姆[81]的钱在桌上，冲着泼潘提恩点点头，此时的泼潘提恩正站着看他。广场上已空无一人，除了穆罕默德·阿里的骑马塑像。曾经有多少次，他们就这样看着彼此，在暮色将至的广场上，他们的影子无论横竖，与周遭风景相比都显得非常渺小。假如我们可以在那一刻暂时确认某种设计论，那么这两人就一定像是小小的棋子，可以被随意摆在欧洲棋盘的任何位置。他俩是同色的棋子（虽然其中一个会站在上级的对角线后方以示尊敬）[82]，都在扫视着每个大使馆的镶花地板，以寻找敌人的蛛丝马迹，或观察每个雕像的脸以再度确信自己还有自我主导[83]（也许，这即不幸意味着自我的人性）。此时的他们会努力忘却一点，即无论你如何切分每个城市的正方棋格，它都不是什么有生命的东西。很快，两人装作正儿八经地转过身，朝着相反的方向走开了：古德费罗回酒店，泼潘提恩从拉斯埃丁大街去土耳其广场。在八点之前他会一直思考当前的局势。

此时各处都是一团糟。英格兰新近的殖民地英雄是基奇纳[84]总司令，他刚在喀土穆打了胜仗，现在正位于白尼罗州大约四百英里的地方，在丛林中摸索前进。据说在附近还有一个叫马尔尚[85]的将军。英国不希望法国染指尼罗河谷地区。如果这两拨部队遭遇并惹出什么麻烦，新组建的法国内阁的外交部长德尔卡塞宁愿为此开战。现在所有人都意识到，这场碰面不可避免了。基奇纳接到命令不要主动进攻，避免一切挑衅行为。如果打仗，俄国会支持法国，而英国和德国正处于短暂的蜜月期，这当然意味着意大利和奥地利也是盟友。

泼潘提恩认为，莫德威尔普人生的一大乐趣是总不让别人安生。他所求的，就是终有一战。不是一次逐鹿瓜分非洲的小打小闹，而是一次欧洲诸国的末日决战，大家都玩儿完，弄个鱼死网破，一拍两散。泼潘提恩或许曾经搞不懂为什么他的对头竟然会这么热盼战争。但在玩犬兔追逐游戏的这十五年里，他已确信自己责无旁贷，应该去阻止这场末日决战的到来。他觉得，这样的一种结盟方式，只可能出现在一个间谍行业变得愈发集体化的西方世界，1848 年的事件和整个欧洲大陆无政府主义者与极端分子的活动似乎已宣告：历史不再是由单个君主的文治武功来缔造，而是由乌合之众，由淡蓝色网格上那些趋势图和冰冷曲线来书写的。所以这场战斗注定会是老牌间谍和天真英国人之间的单打独斗。他们孤零零地站在——天知道位于何处——荒芜的竞技场上。古德费罗知晓这场私人的战斗，而毫无疑问莫德威尔普的下属同样也知道。他们是卖力的副手，关注的完全是国家利益，而他们的头儿则在某个他们无法企及的高度，过招比拼。名义上泼潘提恩为英格兰工作，而莫德威尔普为德国服务，但这也只是偶然罢了：假如他们的职位互换，他们很可能还是会选择原来的立场。泼潘提恩知道，这是因为他和莫德威尔普同属一个类型：即马基雅维里党人，这种人依然玩着文艺复兴时期意大利的政治游戏，而他们所处的世界早已今非昔比了。于是，这种自我设定的角色仅仅变成了一种尊严的表达，尤其是在一个对巴麦尊爵士[86]巧取豪夺之功仍念念不忘的行业中。对泼潘提恩而言，多亏外交部还留着足够多这种传统精神，所以才能让他自行其是。不过就算他们确实起过疑心，他也无从得知。每当他的个人任务与外交政策刚好相符时，泼潘提恩就会给伦敦送一份报告回去，而且似乎没谁有过埋怨。

对泼潘提恩来说，现在的关键人物似乎是英国驻开罗的总领事克劳麦尔勋爵，此人是一个极其能干的外交官，而且行事谨慎，不会意气用事：譬如发动战争。莫德威尔普有可能会采取暗杀行动吗？似乎要计划一下去趟开罗。尽可能地显得毫无歹意；这当然不在话下。

奥地利领事馆位于科迪瓦酒店的街对面，那里的盛况一如从前。古德费罗坐在宽大的大理石楼梯的底层台阶上，旁边是一个姑娘，看样子还不到十八岁，她和身上穿的长礼服一样，显得有点臃肿土气。古德费罗的正装因为淋了雨而有些皱；他的外套在腋下和腹部显得有些紧；沙漠的风吹乱了他的金发，脸也是红彤彤的，显得有些不自在。泼潘提恩望着他的模样，渐渐也意识到自己的模样：他的晚礼服古怪奇特，是在戈登将军被马赫迪打败的那一年买的。在这种聚会上，他是个无可救药的土包子，常常就如同是死而复生的无头戈登。至少在这些群星璀璨、盛装打扮的外国贵族当中，他的确有那么古怪。那个过时的事：总司令重新夺回来了喀土穆，并一雪前耻，但人们早已忘记了这一切。他曾见过这个当年在中国战场立过战功的传奇英雄，那时此人正站在格雷夫森德的防御土墙上。当时的泼潘提恩只有十多岁，可能被这场面冲昏了头；他也的确如此。但是，从那一刻到布里斯托酒店聚首的岁月里，世事早已不同。那天夜里，他想到了莫德威尔普，想到了某种末日来临的可能性；也许还想到了自己的落寞之感。但他并没有去想那个中国的戈登，那个站在童年时代泰晤士河口的孤独神秘的身影；据说当他在被围的喀土穆坐以待毙时，短短一天头发就全白了。

泼潘提恩观察了一下领事馆，点数到场的外交人员：查尔斯·库克逊爵士、西瓦特先生、吉拉德先生、冯·哈特曼阁下、罗马诺骑士、德·佐格赫伯伯爵等人。好吧。所有人都在，理由也好解释。除了俄国的副领事德·韦列尔斯先生。而且奇怪的是，晚会主人凯文胡勒－梅奇伯爵也不在。他们难道在一起？

他走到古德费罗坐的楼梯那边，见他正在亢奋地吹嘘着胡编乱造的南非历险故事。女孩屏气凝神地看着他，面带笑容。泼潘提恩思忖着自己是否该唱一句：这个不是我在布莱顿看见和你一起的女孩；谁，谁，谁才是你的女朋友呢？他说："嗨。"古德费罗轻松地为他们做了相互介绍，热情得有些不正常。

“维多利亚·列恩小姐。”

泼潘提恩微笑着点点头，在身上到处找香烟。“你好，小姐。”

“她在听我们与詹姆逊医生和布尔人的故事。”古德费罗说。

“你们一起去的德兰士瓦[87]。”女孩惊叹道。泼潘提恩想：他算是控制住这个人了。不管他要她做什么都行。

“我们在一起有段日子了，小姐。”她笑靥如花，情感跌宕。泼潘提恩则颇为羞涩，把真实的自我隐藏在苍白的面颊和噘起的双唇之后。她绯红的笑脸仿佛让人想起了约克夏的落日，或者至少有几丝家乡的影迹，而这是他和古德费罗都无法承受的——或者说，当你需要面对时，不愿去收拾的——记忆，所以在她面前，他们都有些心虚。

一个低沉的声音从泼潘提恩的背后传来。古德费罗有些紧张，勉强笑了笑，向他介绍阿拉斯泰尔·列恩爵士，维多利亚的父亲。几乎立刻就能看出来，他并不喜欢古德费罗。他旁边是一个敦实的近视眼女孩，十一岁，维多利亚的妹妹。她很快就告诉泼潘提恩，米尔德里德是来埃及收集石头标本的，她对石头的熟悉程度，堪比阿拉斯泰尔爵士对古代大型管风琴的知识。前一年，他曾周游德国，招募一些小男孩每次苦干大半天，专门给风箱鼓风[88]，事后付的报酬又少，为此没少得罪各地教堂小镇的居民们。报酬少得可怜，维多利亚又加了一句。他继续说道，整个非洲大陆都找不到像样的管风琴（这一点泼潘提恩自然相信）。古德费罗提到有人喜欢手摇风琴，并让阿拉斯泰尔爵士试试收藏这个。同伴皱了皱眉，似乎出了什么状况。在他眼角的余光中，泼潘提恩看见凯文胡勒－梅奇伯爵从隔壁房间出来了，扶着俄国副领事的手臂，忧心忡忡地在谈着什么；在他们的谈话间，德·韦列尔斯先生不时停下来发出几声高兴的低吼。果然，泼潘提恩想。米尔德里德从她的小手提包里拿出一块大石头，举起来给泼潘提恩鉴赏。这是她在古代法老的遗址附近发现的，里面含有三叶虫化石。泼潘提恩不知如何答她，这是他一贯的弱点。吧台设在夹楼层上；他跃上大理石台阶，答应给众人取些酒来（当然，给米尔德里德的是柠檬水）。

当他在吧台边等候时，有人碰了碰他手臂。他转身一看，发现是从布林迪西来的其中一个人，对他说道："姑娘挺可爱的。"在记忆中，这是十五年里他们对他说的第一句话。他惴惴不安地猜测，也许他们是留到特别凶险的时刻才使出这一招。他拿起饮料，友善地笑了笑，转过身，朝着楼梯下走去。走到第二级台阶时，他脚下一滑，扑腾翻滚到楼梯底，伴随着他的是噼里啪啦的玻璃破碎声和飞溅四处的沙布利酒和柠檬水。他在军队里学过如何应对跌落。他羞愧地抬头看着阿拉斯泰尔·列恩爵士，此人正冲他赞许地点头。

"以前见过一个家伙在音乐厅也这么干过，"他说，"你要好得多，泼潘提恩。真的。"

"再做一次。"米尔德里德说。泼潘提恩取出一支香烟，躺在那里抽了会儿烟。"去芬克饭店吃夜宵怎么样？"古德费罗建议。泼潘提恩站了起来。"你还记得我们在布林迪西见过的家伙吗？"古德费罗毫无表情地点点头，丝毫没显出任何紧张；这是泼潘提恩佩服他的地方之一。但是——“回家，”阿拉斯泰尔爵士用力扯了一下米尔德里德的手，嘟哝道，“乖乖听话。”于是，泼潘提恩发现自己变成了照顾外出少女的老女人。他建议再去取一次酒。当他们到了夹楼层时，莫德威尔普的人已经不见了。泼潘提恩将一只脚插到楼梯栏杆中间，向下迅速扫视了一番。“没有。”他说。古德费罗递给他一杯酒。

“我等不及想看尼罗河了，”维多利亚说，“金字塔，斯芬克斯。”

“开罗。”古德费罗补充说。

“是的，”泼潘提恩赞同道，“开罗。”

芬克饭店就在德罗斯特大街的对面。他们冒雨快速跑到街对面，维多利亚的斗篷被风吹得鼓鼓的；她笑了，很喜欢这雨。里面全是欧洲人。泼潘提恩认出了几个从威尼斯同船来的人。在喝完第一杯奥地利红酒后，女孩开始打开话匣子。年轻的她无忧无虑，在发“g”这个音时带着叹息声，仿佛是因为爱而昏厥。她信天主教；曾经在自己家附近的修女学校读过书，那地方叫“沼泽里的拉德维克”。这是她第一次出国。她谈了很多关于她宗教的事：她曾一度把上帝之子当成是年轻女士心中合适的未婚男子。虽然她最终意识到自己想错了，但她宽敞的闺房依然盖着黑布，以玫瑰经念珠做装饰物。她永远都经不起这样的竞争，所以几周后就摆脱了这种青春懵懂，但并没有离开教会：它沉郁的塑像、蜡烛和沉香的味道，与一个叫伊弗林的叔叔，共同构成了她安静轨道上的双子焦点。这个叔叔是一位脱缰（或者说脱教）的游民，每年都会从澳大利亚过来，并不带任何礼物，却给姐妹们准备好了无数的奇闻趣事。在维多利亚的记忆中，他从未讲过相同的故事。所以在他每次来访之间的日子里，她有了足够的素材去慢慢营造出一个私密的想象之境，她一直待在这个空间里，自得其乐：她在这里去发现、去探求和去操纵。尤其是在弥撒时：因为此处就是一个舞台，一个万事俱备的戏剧之所，为播种幻想而服务。于是，她想象上帝戴着宽边软毡帽，与来自苍穹下方的土著撒旦进行短兵相接的战斗，以维多利亚之名而战，为保维多利亚之平安。

现在，如果心生怜悯，也许会被引诱；对于泼潘提恩来说一直都是如此。此时此刻他只能飞快地瞥一眼古德费罗的脸，带着一种羡慕（一旦无法施以怜悯，这种羡慕就变得可憎）之情想到：神来之笔，詹姆森袭击事件[89]。那是他的选择，他心知肚明。他一直都知道的。我也如此。

必须如此。早在那件事之前，他就懂得这种叫“直觉”的东西并非为女人所专有；在大多数男人当中，这种官能是处于休眠状态，只有这种职业中，它才会变得发达或极其强烈。但男人是实证主义者，女人则更爱幻想，所以预感能力基本上仍算是一种女性天赋；因此不管怎么样，他们——莫德威尔普、古德费罗和布林迪西来的两个人——都一定带着一些女人的特质。也许，甚至当一个人在保持不敢擅越的同情心阈值时，也会获得某种认识。

但就像约克夏的落日一样，有些东西是人们无法承受的。泼潘提恩乳臭未干时就已经明白了这一点。你不应为你必须杀死或伤害的人感到怜悯。从共事的间谍们那里，你感受到的不过是一些集体士气。最重要的是，你不可以坠人爱河。除非你不想在间谍行业中出人头地。无人知晓是何种童年的痛苦造成了这一切；但泼潘提恩一直都恪守那个准则。他从小就会要心机，而且对此并不遮掩。他偷过街头小贩的东西，十五岁就会设计害人，如果打架不管用，他就会逃之夭夭。所以，当他在五十年代伦敦的马厩或小巷游荡的某个时刻，一定感受到了那种“为游戏而游戏”的终极紧张感，这种感觉就如同一个无法抗拒的矢量，指向二十世纪。现在他会说，尽管会有原路折返、紧急经停和长达上百公里的虚晃一枪，但任何旅行路线都依旧充满了各种偶然和意外。这样当然很方便，也是必要的；但它并没有说明一个更深的真相：他们所有人并非在一个可被感知的欧洲活动，而是在一个被上帝摒弃的区域里，在外交星球的南北回归线之间，那里有他们永远被禁止逾越的边界。所以，必须要有人扮演那个理想化的英国殖民者，此人孤身闯入雨林，每天刮胡子，晚餐时身着正装，忠诚于圣乔治，绝情绝爱。当然，那意味着一种奇特的反讽。泼潘提恩对自己做了个苦脸。因为两方（他和莫德威尔普）都各自以不同的方式，做了不可饶恕之事，即归化为了当地人。不知何故，两人从某天起就不再在乎自己是为哪个政府而工作。就仿佛无论如何使出浑身解数，未来的终极对决都无法因他们这些人的努力而避免。有些事已然发生：可谁知是何事，甚至是何时？在克里米亚，斯皮舍朗[90]，喀土穆；它可能无足轻重。但突然之间，一个小小的步骤被跳跃或省略过去，时机提前成熟——人们因为疲于应付当下之事（如外交部急件或议院决议）而打起了盹；醒来时，却发现床尾的上方浮着一个高大的幽灵，咧着嘴笑，嘴里嘟噜着什么。你知道他会阴魂不散——他们已将世界末日当成一次肆意狂欢的借口，当成告别旧世纪和他们各自事业的绝佳方式，难道不是吗?

“你和他很像，”女孩说道，“我的叔叔伊弗林：高高的，金色头发，哦！你真的不是来自英格兰东部的拉德维克[91]么。”

“嚯嚯。”古德费罗答道。

泼潘提恩听出这声音中有些郁郁寡欢，就无聊地猜想她究竟是花蕾还是盛开的花朵[92]；或者也许是一片被吹落的花瓣，再也没有了牵绊和依靠。这很难分辨了——而且难度逐年增加——他不知道这是否意味着自己最终的衰老，抑或是这一代人的某种缺陷。他自己早已萌芽和绽放过了，在感到空气中的枯萎病后，他又收起了花瓣，就像有些花朵日落时那样。如果问她，会有用吗?

“上帝啊。”古德费罗说。他们抬头看见一个瘦削的身影，身着晚礼服，脑袋却似乎是一只气呼呼的雀鹰。这颗鸟头大笑了几声，却还保持着凶狠的表情。维多利亚激动地笑了。“你是休斯！”她高兴地喊叫着。

“正是，”一个声音从里面传来，“有谁帮我摘掉它吧。”好心的泼潘提恩站在椅子上，帮他把鸟头脱下来。

“休斯·班戈－夏弗兹伯里。”古德费罗愤愤地说。

“这是哈马克伊斯。”班戈－夏弗兹伯里指着空心的瓷质鹰头说，“它是赫里奥波里斯[93]的神祇，是下埃及的主神。绝对是真货：是古代仪式用的面具。”他坐在维多利亚旁边。古德费罗皱了皱眉。“从字面上说，它就是地平线上的荷鲁斯神[94]，也常常被表现为一只人面的狮子。就像斯芬克斯。”

“哦，”维多利亚叹了口气，“斯芬克斯。”她陶醉的样子确实让泼潘提恩很费解，因为一个人对埃及的混血神祇如此痴迷，这难道不是有悖常理？她的理想之物，理应是纯然的男子汉，或纯然的雄鹰；不太可能是这种混杂之物。

他们决定不再喝利口酒了，而是喝起泡酒，这种酒不是陈年佳酿，但只需要十皮阿斯特。

“你们打算沿着尼罗河下游走多远？”泼潘提恩问，“古德费罗先生曾说您对卢克索颇感兴趣。”

“先生，我觉得这是一块新领土，”班戈－夏弗兹伯里回答道，“自从九一年格雷宝发现了底比斯神职人员的墓穴后，这个地区就没出过什么一流的成果。当然，应该看看吉萨周围的金字塔，但弗林德斯·皮特里先生十六七年前就已经在这里做过细致的勘察，那儿也不算什么新鲜地界了。”

“我想也是。”泼潘提恩低语道。当然，他从任何一本贝德尔克旅游手册上都能获得这些信息。但至少这些话里含着一种对考古问题迫切或固执的心情，泼潘提恩确信这会让阿拉斯泰尔爵士在库克旅行结束之前就陷入狂热。除非班戈－夏弗兹伯里跟泼潘提恩与古德费罗一样，只打算去开罗。

泼潘提恩哼着《曼侬·莱斯科》里的咏叹调，而此时的维多利亚优雅地坐在另两人中间，试图维持着某种平衡。饭店里客人渐渐稀少了，街对面的领事馆也暗了下来，只有楼上房间还亮着两三盏灯。也许一个月后，所有的窗户都会火光冲天；也许全世界都会变成一片火海。按预测，马尔尚和基奇纳会在法绍达附近会合，此地位于白尼罗河地区，在白尼罗河发源地之上大约四十英里。战争大臣兰斯多恩勋爵曾在一封发往开罗的密函急件中预计，九月二十五日将是双方遭遇的日期：泼潘提恩和莫德威尔普都看过这封信。突然，班戈－夏弗兹伯里的脸上一阵抽搐；泼潘提恩大概迟了五秒钟——要么是出于直觉，要么是因为他对这个考古学家的怀疑——方才意识到站在他椅子后面的人是谁。古德费罗点了点头，显得厌恶而惧怕，但还是以足够礼貌的语气说道:“哦，是列普修斯。厌倦了布林迪西的天气？”列普修斯。泼潘提恩之前甚至连名字都不知道。当然，古德费罗可能知道。“突然有事，所以来了埃及。”这个间谍嘶嘶地说道。古德费罗啜了一口酒，很快说道：“你的旅行伙伴呢？我还挺想再见到他呢。”

“去瑞士了，”列普修斯说，“那里有山，风又清爽。人们总有一天会受不了南部的肮脏。”他们从不撒谎。他的新搭档是谁?

“除非你往南方走得够远，”古德费罗说，“我想如果顺着尼罗河往下去，就能寻到一块原始而干净的地方。”

自从班戈－夏弗兹伯里的脸上出现了那次抽搐后，泼潘提恩就一直盯着他看。他的脸和身子一样瘦削而憔悴，现在则毫无表情；但是那最初的破绽已让泼潘提恩有了戒备之心。

“下游那边难道不是野兽之国？”列普修斯说道，“那里没有财产法，只有战争，而赢者获得一切。荣耀、生命、权力和财产，一切。”

“也许吧，”古德费罗说，“但是在欧洲，你知道的，我们是文明人。幸运的是，我们不认可丛林法则。”

很快，列普修斯就告辞了，并希望能和他们在开罗再会。古德费罗确信他们会再见面。班戈－夏弗兹伯里依旧坐在那里，一动不动，表情难以琢磨。

“这位先生好奇怪。”维多利亚说。

“怪吗？”班戈－夏弗兹伯里故意装作满不在乎地说，“喜欢干净胜过不洁，这就是怪？”

就这样了。泼潘提恩十年前就已厌倦了沾沾自喜。古德费罗看上去有些尴尬。所以，就是：干净。在大洪水后，是漫长的饥荒，还有地震。沙漠地区的干净：发白的骨头，逝去文化的墓穴。末日之战也将以这种方式席卷欧洲。如此一来，泼潘提恩所捍卫的，仅仅是蜘蛛网、垃圾和弃民了吗？他记得多年前的一个夜晚，在罗马找一个住在万神庙附近妓院的联络人。莫德威尔普自己跟踪了过来，就站在一个路灯旁等着。在会面中途，泼潘提恩恰巧看了一眼窗外。一个站街女正在拉莫德威尔普买春。他们听不到两人的谈话，只看见他脸上的愠怒慢慢堆积，最后变成了暴怒的表情。只见他拿起拐棍，开始有章法地猛抽这个女孩，直到她衣衫不整地倒在脚下。首先是泼潘提恩沉不住气了，他打开房门，冲到街上。当他到了那里，莫德威尔普已经走了。他只是机械地安慰着她，或许出于某种抽象意义的责任感，而她把脸埋在他的粗呢外套里，尖声叫嚷。“Mi chiamava, sozzura.”她可能说的是：他骂我脏。泼潘提恩曾试着忘记此事。并不是因为它很丑恶，而是因为它如此清晰地暴露了他可怕的弱点：他明白了自己所深恶痛绝的，与其说是莫德威尔普其人，还不如说是那种变态的洁癖；他所同情的，与其说是这个女孩，还不如说是她身上的人性。于是他想到，命运选择的代理人都很古怪。莫德威尔普可以将爱和恨施加于个体意义的人。因为他们的角色似乎正好相反，所以泼潘提恩觉得应该相信一点：假如谁自命为人类的救世主，那么也许他就必须只能去爱抽象意义上的人。因为事情一旦降到个人层面，目的就不那么单纯了。然而，对于个体人性变态的厌恶，同样也容易迅速堕落为对世界末日的渴望。他从来就不能让自己去恨莫德威尔普的那帮人，就像他们也总免不了真心实意地惦念他的安危。更糟糕的是，泼潘提恩从来就无法试着去恨他们中的任何一个人；相反，他只能继续当一个不合时宜的克里莫尼尼[95]，唱着格里厄，因循音乐规程去表达特定的情感，他也永远无法离开舞台，在那里激情和蜜意只是强音和柔音，在那里亚眠的巴黎大门[96]按数学比例缩小，并被灰光灯精准地照亮。他想起了那个下午在雨中的表演：他像维多利亚一样需要合适的环境。似乎任何带有强烈欧洲气息的东西，都能激发他走上愚蠢之巅。

已经很晚了，饭店里零零落落只剩下两三个游客。维多利亚丝毫没有倦意，古德费罗和班戈－夏弗兹伯里正在辩论政治。服务生在隔着两张桌子的地方休息，有些不耐烦。他有着科普特人[97]那种瘦弱的身板和高扁的脑壳，泼潘提恩意识到，一直以来这个地方只有他不是欧洲人。这种不协调的存在本应被立刻发现：这是泼潘提恩的失误。他对于埃及毫无用处，有着敏感的皮肤，不喜欢晒太阳，仿佛沾了点阳光就可能会让他身体的一部分变得东方化。他对于非欧洲的地区毫不关心，除非它们可能影响到欧洲的命运；芬克饭店也可能是一个劣等邻邦[98]开的。

最后，一行人站起身，付了钱后离开。维多利亚在前面蹦跳着，穿过谢里夫帕夏街回酒店。在他们身后有一辆遮盖得很严实的马车，从奥地利领事馆旁边的车道咔嗒咔嗒驶出，沿着德罗斯特大街疾驰而去，消失在湿漉漉的夜里。

“有人挺着急的。”班戈－夏弗兹伯里指出。

“确实如此。”古德费罗说。他又对泼潘提恩说：“开罗车站有人急了。火车八点开。”泼潘提恩和所有人道晚安，然后回到土耳其广场的临时住所。这种住宿安排不会违背任何原则；因为他觉得朴特[99]就是西方世界的一部分。他睡前读了一本已经残缺不全的旧书《安东尼和克娄巴特拉》，怀疑埃及的魔咒是否还能有效力：它位于回归线的虚幻世界，还有那些奇怪的神祇们。

七点四十分，他站在火车站的站台上，看着库克和盖兹旅行社的搬运工将盒子和箱子摞在一起。在双道铁轨的对面，有一个小公园，满眼都是绿色的棕榈树和洋槐树。泼潘提恩一直站在车站大厅的阴影下。很快，其他人也到了。他注意到了班戈－夏弗兹伯里和列普修斯之间那不易觉察的眼神交流。早班快车进站了，站台上立刻骚动了起来。泼潘提恩看到列普修斯在追一个阿拉伯人，此人似乎偷了他的小行李箱。古德费罗也开始行动。他飞奔过站台，金发如马驹的鬃毛一样狂野地拍动。他在门口堵住那个阿拉伯人，夺回小箱子，将他抓到的人交给了一个戴着遮阳帽的胖警察。列普修斯狡黠地看着他，沉默不语地接过他还回来的小箱子。

上车后，他们分别进了两个相邻的车厢。维多利亚、她父亲和古德费罗一起坐在紧靠车尾平台的车厢。虽然泼潘提恩觉得阿拉斯泰尔爵士如果有他陪伴会不那么痛苦，但还是想确保班戈－夏弗兹伯里不出什么状况。火车在八点过五分时驶出车站，在阳光下飞驰。泼潘提恩靠着座位，听米尔德里德闲扯一些矿物学的事情。班戈－夏弗兹伯里一直没说话，直到火车开过了西迪加贝勒站，转头向东南方驶去。

他说:“你玩洋娃娃吗，米尔德里德？”泼潘提恩注视着窗外，感到有些令人不快的事情即将发生。他看见一队黑色的骆驼和驱赶它们的人正沿着一条运河的堤岸缓缓行走。在运河的远处，是平底货船的白色帆影。

“我不出去找石头时会玩。”米尔德里德说。

班戈－夏弗兹伯里说:“我敢打赌你没有那种可以走路、说话，或者能跳绳子的玩偶吧。你有吗？”

泼潘提恩想把注意力放在远处一群在河堤上懒洋洋地干活儿的阿拉伯人身上，他们正在用马雷奥蒂斯湖里的水晒盐。火车正全速行驶，他们很快就消失在他的视线里。

“没有。”米尔德里德将信将疑地说。

班戈－夏弗兹伯里说:“你就从没见过这种玩偶？那种可爱的娃娃，里面有发条的。这种玩偶能完美地做成任何事，因为有机器控制。完全不像那些真正的小男孩和小女孩。真正的小孩是会哭的，而且发脾气，根本不听话。这些玩偶要可爱得多。”

现在，右边是一片片休耕的棉花地和泥坯房。偶尔会看到一个当地农民到运河下面去取水。几乎在他的视线之外，泼潘提恩看见了班戈－夏弗兹伯里修长而紧张的双手，一动不动地放在膝头。

“它们听上去很好玩。”米尔德里德说。虽然她知道对方说话的口气就是拿她当小毛孩，但她的声音依然有些发抖。也许这个考古学家的脸上有什么东西吓着了她。

班戈－夏弗兹伯里说:“你想不想看看，米尔德里德？”这句话露出了破绽。因为这个人其实一直是在和泼潘提恩说话，这个小姑娘不过是被利用了。目的何在？这里有些不对劲。

“你身上有吗？”她怯生生地问。尽管他不太情愿，泼潘提恩还是将头从窗边转过来，看着班戈－夏弗兹伯里。

他笑了笑:“哦，有啊。”他撩起外套袖，取下链扣，卷起衬衣袖口。然后，他把裸露的前臂里侧伸给小姑娘看。泼潘提恩吓得一哆嗦，心想：我的上帝！班戈－夏弗兹伯里疯了。他白皙的皮肉上有一个黑亮的微型电子开关，单极，双掷，缝在皮肤里面。银色的电线从终端一直伸向手臂，消失在袖子里。

年轻人往往容易轻信那些可怕之物。米尔德里德开始发抖。“不，”她说，“不，你不是的。”

“可我就是，”班戈－夏弗兹伯里微笑着抗议道，“米尔德里德。这电线一直接到我的大脑。当开关像这样闭合时，我的举止就像现在这样。当它被推到另一……”

女孩吓着了。“爸爸。”她哭喊道。

“一切都是电控的，”班戈－夏弗兹伯里解释安抚道，“很简单，也很卫生。”

“够了。”泼潘提恩说。

班戈－夏弗兹伯里转过身对着他。“怎么了？”他低声说，“怎么了？因为她？看她害怕你就受不了了，对吗？或者是你自己害怕了？”

泼潘提恩羞赧地退缩了。“不应该吓唬一个孩子，先生。”

“一般原则。你去死吧。”他看上去有些暴躁，好像随时都会吼出来。

过道上传来了吵闹声。古德费罗痛苦地喊了起来。泼潘提恩跳起来，把班戈－夏弗兹伯里推到一边，然后冲到过道。通向车后平台的门是开着的：在门前是古德费罗和一个阿拉伯人在打架，两人正在纠缠厮打。泼潘提恩看见一把手枪枪杆一闪而过。他小心翼翼地靠近，周旋着选择时机。当这个阿拉伯人的喉咙露出来时，泼潘提恩一脚踢了过去，掐住他的气管。他重重地瘫倒在地上。古德费罗拿起手枪。他捋开额上的头发，气喘个不停：“谢啦。”

“是同一个人吗？”泼潘提恩说。

“不是。铁路警察是靠得住的。而且你知道吗，两个人还是分得清的。这个不一样。”

“那就看好他。”他对着阿拉伯人说:“听着，Auz e. Ma tkhafsh minni.”阿拉伯人将脑袋转向泼潘提恩那一边，试图笑一下，但眼神却令人毛骨悚然。他的脖子上显出了一道蓝色印子。他没法说话。阿拉斯泰尔爵士和维多利亚走了过来，表情很焦急。

“也许是我在车站抓住的那个家伙的朋友。”古德费罗轻松地解释道。泼潘提恩扶着这个阿拉伯人站起来。“听着，滚回去，不要再让我们看见你。”阿拉伯人便离开了。

“你怎么放他走了? ”阿拉斯泰尔爵士低声说。古德费罗非常宽宏大量。他发表了简短的演讲，大谈慈悲之心，将另一边脸颊送给维多利亚去亲吻，但这似乎让她父亲感到恶心。一行人坐回到车厢座位上，不过米尔德里德决定和阿拉斯泰尔爵士待在一起。

半小时后，火车驶入了达曼胡尔[100]。泼潘提恩看见列普修斯从前两节车厢下来，进了车站大厅。在他们周围是三角洲地区延绵的绿色原野。两分钟之后，那个阿拉伯人也下了车，径直斜穿到自助餐餐厅的入口，迎面碰见列普修斯拿着一瓶红酒出来。他揉着自己脖子上的印记，很显然想和列普修斯说点什么。这位间谍瞪了他一眼，用手勾住他脑袋。“没有打赏。”他说道。泼潘提恩坐回位置上，闭上眼睛，不去看班戈－夏弗兹伯里，甚至连“啊哈”都不说。火车开动了。好吧。他们说的干净是什么? 不守规矩，这当然算。倘若如此，他们是反其道行之。

他们以前从未玩得如此下作。这是否意味着在法绍达的碰面将很重要：甚至可能是那种事件？他睁眼瞅着正在专心读书的班戈－夏弗兹伯里，西德尼·J. 韦伯的《工业化民主》。泼潘提恩耸耸肩。当年，他的职业同僚们是靠熟能生巧，通过破译密码来学习密码，通过躲避海关来了解海关，通过杀掉一些对手来了解对手。现在，新人是通过读书：年轻的家伙们，脑子里装满了理论和（他是这么觉得的）一种信仰，只相信自己内部机器运转完美。他有些害怕，想到那个刀型开关，固定在班戈－夏弗兹伯里的胳膊里，就像一只邪恶的昆虫。莫德威尔普应该算是还活跃着的最老间谍了，但就职业伦理而言，他和泼潘提恩却属于同一代人。泼潘提恩怀疑莫德威尔普是否会赞同对面这个年轻人的做法。

在接下来二十五英里的行程中，他们保持着沉默。列车经过了农田，田里的作物看起来越来越繁盛，在地里干活的农民们动作也更快，还能看到小工厂、一堆堆古代废墟和开着花的高大柽柳。尼罗河正值汛期：越过这些朝远处望去，灌溉运河和小河盆闪着光交织在一起，它们将水取过来，导入那些一直延伸到天边外的大麦和小麦庄稼地。火车抵达了尼罗河的罗塞塔[101]支流，通过河上一座长窄的钢架桥，驶入卡弗雷兹－扎伊雅特车站，然后停了下来。班戈－夏弗兹伯里合上书，站起身离开了车厢。过了一会儿，古德费罗走了进来，牵着米尔德里德的手。

“他觉得你可能需要睡一会儿，”古德费罗说，“我早该想到的。我脑海里一直在想的是米尔德里德的姐姐。”泼潘提恩嗤笑了一下，闭上眼睛，在火车启动之前睡着了。离开罗还有半小时，他醒了过来。“一切安全。”古德费罗说。在西边的远处，金字塔的轮廓已经清晰可辨。距离城市更近了，开始看得见花园和别墅。火车大约在中午时分抵达开罗主车站。

不知怎么搞的，其他人还没下站台，古德费罗和维多利亚就坐上了一辆敞篷马车先走了。“见鬼，”阿拉斯泰尔爵士很困惑，“他们在干什么，想私奔吗？”班戈－夏弗兹伯里看上去就像是无计可施了。泼潘提恩刚刚一直在睡觉，现在倒觉得心情如度假一般好。“Arabiyeh.”他高兴地喊道。一辆车况破旧、色彩斑驳的四座马车哒哒地靠了过来，泼潘提恩指着远处那辆敞篷马车说："如果你能追上他们，我给你两皮阿斯特。”赶马车的人笑了；泼潘提恩招呼大家上了车。阿拉斯泰尔爵士表示抗议，嘴里嘟噜着关于柯南·道尔先生的事。班戈－夏弗兹伯里大笑起来，然后他们坐着奔驰的马车离开，绕过左边的一个急弯，穿过厄尔里蒙桥，匆匆地沿着沙里尔·巴布·厄尔－哈迪德大街行驶。米尔德里德冲着其他步行或骑驴的乘客做着鬼脸，而阿拉斯泰尔爵士则浅浅地笑着。在泼潘提恩的前面，已经可以看见坐在敞篷马车里维多利亚娇小优雅的身影，她此时正抓着古德费罗的胳膊，靠在座位上，任凭风吹动她的头发。

两辆马车在酷热中抵达了谢泼德饭店。大家从车上下来，朝着酒店走去，除了泼潘提恩。“帮我办入住，”他对古德费罗喊道，“我要去看一个朋友。”这个朋友是个行李工，在西南边四个街口之外的维多利亚饭店工作。当泼潘提恩坐在厨房里和一个他在戛纳认识的疯癫大厨聊着猎鸟时，这个行李工穿过街道，从仆人通道走进了英国领事馆。他十五分钟后走了出来，回到酒店。很快厨房里接到了午餐的订单。“奶油”的法语词 Crème 被错拼成了 chem；“加洋葱片的”这个词 Lyonnaise 被漏掉了一个字母 e。两个词都加了下画线。泼潘提恩点点头，感谢了大家，然后离开了。他叫了一辆出租马车，顺着沙里尔·厄尔－马格拉比大街朝北走，穿过大街尽头一个奢华的花园，很快到了里昂银行[102]。旁边有家小药店。他走进去，询问自己前一天拿来的鸦片酊处方是否可以拿药了。他拿到一个信封，在出租马车里打开检查了一番。他和古德费罗都有了五十英镑的加薪：好消息。他们两个都能住得起谢泼德饭店了。

回到酒店，他们开始破译给他们的命令。外交部对于暗杀阴谋还一无所知。他们当然不知道。假如你脑子里只想着迫在眉睫的问题，想着谁将控制尼罗河峡谷，那就没理由去想暗杀的事。泼潘提恩搞不懂外交的现状是什么。他认识那些曾经在巴麦尊手下工作的人，巴麦尊是一个害羞而幽默的老人，对他来说，这个行业就是一个蒙眼摸人的欢乐游戏，每天人们都伸手去摸别人，而其实总被鬼魂冷冰冰的手摸到。

“那么我们得靠自己了。”古德费罗指出。

“是啊，”泼潘提恩赞同道，“如果我们这么干，你看怎么样：扮贼抓贼。我们自己做一个计划去干掉克劳麦尔。当然，只是做个样子。这样一来，当他们有机会出手时，我们就能刚好在现场阻止这一切。”

“跟踪总领事，”古德费罗愈发来了兴趣，“就像追踪一只该死的松鸡。我们好久没这么干过了，自从——”

“别提了。”泼潘提恩说。

那天晚上，泼潘提恩包了一辆出租马车，在城里乱逛到第二天清晨。那份密码指令只是让他们静待时机：古德费罗正是这么做的，他陪同维多利亚去埃兹别克耶花园看了一场意大利夏季剧院的演出。那天晚上，泼潘提恩分别去拜访了一个住在罗塞蒂区的女孩（此人是英国领事馆一个初级职员的情妇）、一个住在姆斯基的珠宝商（他曾经对马赫迪派提供过经济援助，但现在该运动遭到镇压后，他不希望自己对他们的同情被曝光）；一个没啥名气的美学家（因为受到与麻醉品有关的指控，他从英格兰逃到这里，因为这儿没有引渡协议，他也是英国领事拉斐尔·博格先生的男仆的远房表兄）；还有一个叫瓦库米安的皮条客（他声称认识开罗的所有刺客）。见完这帮人，泼潘提恩回到房间时已经是凌晨三点了。但是他在门口有些迟疑，因为听到屋里有动静。只有一个办法：在走廊尽头有一扇带窗台的窗户。他皱了皱眉头。但那时大家都知道，间谍总在异国城市大街高处的窗台上爬来爬去。泼潘提恩觉得这样特别傻，但还是爬了出去，站在窗台上。他朝下一看：距离下面草丛大概有十五英尺的高度。他打着哈欠，迅速而笨拙地朝着楼房的拐角挪去。在拐角处，窗台变得越来越窄。他两只脚分别踩在拐角的两侧，而房子边缘又顶在他眉毛到肚子的中线上，于是他失去平衡掉了下去。在下坠时，他想到要骂一个脏字；他重重地掉进灌木丛，滚了几下，然后躺在那里，敲着自己的手指。等他抽完了半根香烟后，他站起身，发现在窗户旁边有一棵树，很容易就能爬上去。于是他抽着烟，骂着娘，爬上了树；他爬到一根大树枝上，叉腿坐在上面，偷看房间里面的情况。

古德费罗和那个女孩躺在泼潘提恩的床上，借着街上的灯光，能看见她是个白种女人，精疲力竭：她的眼睛、嘴巴和乳头看起来像是几块黑色的小瘀青。她把古德费罗白色的脑袋枕在自己手指编成的爱巢上，而他则在哭泣，行行眼泪顺着她的乳房滑落。“对不起，”他说，“是在德兰士瓦，负了伤。他们告诉我说不严重。”泼潘提恩完全搞不懂状况，只有几个猜想：第一，古德费罗想保持体面；第二，他确实是性无能，所以对泼潘提恩说的那些情场故事不过都是假话；第三，他只是不想和维多利亚有什么瓜葛。不管是何种情形，泼潘提恩都像往常一样，觉得置身事外。他一只手抓着大树枝，从树上荡了下来，大惑不解，直到烟屁股烧到了他的手指头，惹得他轻声咒骂了一句；因为他知道自己骂的其实不是这烟头，所以他开始担心起来。也不仅仅是看见了古德费罗的软弱。他跳到树丛中，躺在那里，想着自己的临界点；在这二十年的工作中，他从没崩溃过，这让他很自豪。虽然从前他也感受过临界点的压力，但他怀疑这是第一次觉察到这其中的脆弱。躺在树丛里的他觉得背脊传来一阵源自迷信的恐惧之痛。在那转瞬即逝的刹那，似乎他已知道，这就是那个事件。世界末日肯定会因法绍达而起，而且也恰恰因为如此，他感觉自己的末日也迫在眉睫了。但是很快：渐渐地，随着每次吸入一满肺的香烟，曾经的控制感又渐渐回到他体内；他最终站起身，摇摇晃晃，走到酒店门口，回自己房间。这次，他假装丢了钥匙，发出困窘的声音帮女孩做掩护，而她则拿好自己的衣服，从连通门中逃回到自己的房间。等到古德费罗开门时，他只能感到尴尬，但他已经对此见怪不怪了。

剧院里演的是《曼侬·莱斯科》。第二天早上洗澡时，古德费罗试着唱《我从未见过如此美丽的女人》。“住嘴。”泼潘提恩说，“你想不想听听这歌应该怎么唱？”古德费罗大喊道：“我怀疑你压根连《塔—拉—拉—布姆—迪—埃》[103]都唱不好。”

但是泼潘提恩按捺不住。他觉得这种妥协倒也无伤大雅。“A dirle: io t'amo,”他欢快地唱道，“a nuova vita l'alma mia si desta.”[104]他唱得令人震惊；让人觉得他曾经在音乐厅里工作过。他并不是格里厄。当格里厄一看到那位年轻女士从来自阿拉斯的驿马车上下来，就知道接下来会发生什么。他这个骑士从来不虚晃一枪或装腔作势，没有什么需要去破译的，也不玩阳奉阴违的把戏。泼潘提恩嫉妒他。他穿衣服时吹起了咏叹调。昨晚的脆弱时刻又再次在他脑海中涌现。他想：假如我越过那个临界点，你知道的，我就再也回不来了。

那天下午两点，总领事从领事馆的正门走了出来，上了一辆马车。泼潘提恩从维多利亚饭店三楼一个无人的房间里注视着这一切。在这儿，克劳麦尔勋爵一击即中，但只要泼潘提恩的朋友们保持警惕，那些受雇的敌方刺客肯定进不来这个绝佳地点。考古学家带着维多利亚和米尔德里德去巴扎和哈里发墓游玩了。古德费罗坐在窗户正下方的一辆紧闭的四轮小马车里。他小心谨慎地（在泼潘提恩看来是如此）跟着前边的马车走了，但始终与之保持着安全的距离。泼潘提恩离开了酒店，沿着沙里尔·厄尔－马格拉比大街溜达。在下一个街角时，他发现右前方有一座教堂；他能听见很响亮的管风琴音乐。他一时兴起，走进了教堂。当然，正是阿拉斯泰尔爵士在那里弹奏。不懂音乐的泼潘提恩足足花了五分钟才觉察到阿拉斯泰尔爵士对琴键和踏板的摧残。音乐让这间哥特式的小房子内部显出了某种精致的纹理，如同奇怪的花瓣。但它有点狂暴，像南部的植物。他的脑袋和手指都失控了，这是因为忽视了他女儿或任何人的纯洁吗？还是因为音乐自身的形式，因为巴赫——是巴赫吗？——还是因为他本人？泼潘提恩该如何评价这音乐呢，它是属于外国的，有点差劲，让人无法理解。但他又无法抽身而出，直到这音乐戛然而止，只留下余音在教堂中回响。此时，他才悄悄地离开，回到阳光下，摆弄了一下自己的领带，仿佛这就意味着他还是完好的，并未分崩离析。

古德费罗那天夜里报告说，克劳麦尔勋爵并没有采取措施来保护自己。泼潘提恩又向那个男仆的表兄再次确认消息已经送到了。他耸耸肩，骂总领事是个傻瓜；明天是九月二十五日。他十一点离开饭店，乘马车去埃兹别克耶花园北边几个街口外的一家啤酒屋。他独自坐在一张靠墙的小桌边，听着伤感的手风琴音乐，这曲子一定跟巴赫一样古老了；他闭上眼睛，任凭香烟在唇边燃尽，烟灰垂在那里。一个女招待拿来了慕尼黑啤酒。

“泼潘提恩先生。”他抬起头。“我跟着你过来的。”他点点头，笑了笑。维多利亚坐了下来。“爸爸如果知道了，准得气死。”她叛逆地注视着他。手风琴停了。女招待留下了两个克鲁格币。

他噘着嘴，陷入沉静的忧伤中。那么想必她是发现了，找到了他心中的那个女人；这是第一次有平民这么做。他并未按例去问她如何知晓的。她不可能透过窗户看见了他。他说：

“今天下午，他坐在德国教堂里，弹着巴赫，仿佛这是他唯一剩下的东西。他可能也猜到了。”

她垂着头，上嘴唇留着一抹啤酒沫。运河那边隐约传来了开往亚历山大的快车的汽笛声。“你爱古德费罗。”他大胆地说道。到目前为止，他从未走得如此之远：在这里他是一个游客。此时的他也许能求助于心灵的导游手册。她的低语几乎要被重新响起的如歌如泣的风琴声淹没了：是的。这么说来，古德费罗是不是向她坦白了……他扬起眉毛，她摇了摇头说不。这种彼此相知的感觉，这种不需言语的细微交流，太不可思议了。“无论我想到了什么，那都是猜的，”她说，“当然，你不能信任我，但是我必须说出来。这是真的。”一个人的心可以往下沉多深，直至抵达……绝望。泼潘提恩：“那你要我怎么做？”她扭动了一下手指上的小戒指，并不看着他。她马上又说：“什么也不做。只是去理解。”假如泼潘提恩相信魔鬼的话，他也许会说：你是被差遣来的。回去告诉他，告诉他们，这是没用的。风琴手看着泼潘提恩和这个女孩，认出他们是英国人。“假如魔鬼有子嗣，”他用德语恶作剧般地唱道，“那他肯定是巴麦尊。”几个德国人笑了起来，而泼潘提恩颦紧了眉毛：这首歌至少有五十年历史了，但还是有些人记得它。

瓦库米安从桌子中间走了过来，他迟到了。维多利亚看见了他，便起身告辞。瓦库米安的报告很简单：没人采取行动。泼潘提恩叹了口气。现在只有一件事可以做了。去领事馆制造恐慌，逼他们提高警惕。

于是第二天他们开始正儿八经地“跟踪”克劳麦尔。泼潘提恩醒来时心情很糟。他戴上红色的胡须，一顶珍珠灰的晨帽，假扮成爱尔兰游客去领事馆。那里的工作人员并不买账：他被强行拒之门外。古德费罗有过一个更好的办法。“扔炸弹。”他喊道。幸运的是，他对军火的了解和他的枪法一样糟糕。炸弹并没有稳稳地落到草坪上，而是呼啸着穿过了领事馆的一扇窗户，让一个普通的女清洁工吓得丢了魂（当然，后来他们发现这不过是个哑弹），古德费罗也差点被逮捕了。

中午，泼潘提恩去了一趟维多利亚饭店的厨房，发现那里已经乱成一团。法绍达之争已经开始了。局势演变成了一场危机。沮丧的他冲到街上，招了一辆马车，赶忙去找古德费罗。他两小时后找到了正在酒店房间里睡觉的古德费罗，和他早上离开时一样。他非常愤怒，把一大罐冰水泼到古德费罗的头上。班戈－夏弗兹伯里从走廊露出脑袋嘿嘿笑。泼潘提恩将空水瓶朝他扔去，于是他在走廊里跑没影了。“总领事在哪儿？”古德费罗睡眼惺忪，口气和善地问道。“穿上衣服。”泼潘提恩大吼道。

他们发现那个职员的情妇正懒洋洋地躺在阳光下，剥着一个蜜橘。她告诉他们，克劳麦尔正计划出席晚上八点的歌剧。至于之前要做什么，她就不知道了。他们去了药店，那里也没有什么消息。穿过花园时，泼潘提恩询问列恩一家子的下落。据古德费罗所知，他们在黑利奥波勒斯。

“大家都他妈这是怎么了？”泼潘提恩想知道，“谁都没个消息。”他们只能干等到八点钟，所以两人坐在花园一家咖啡馆的门前喝酒。埃及的太阳很刺眼，莫名地让人有些害怕，没有阴凉处。前天夜里他心中出现的那种恐惧，现在又爬上了泼潘提恩的下巴两边，然后蔓延到他的太阳穴。甚至连古德费罗都似乎有些紧张。

八点差一刻时，他们沿着街道溜达到剧院，买了前排的票，然后坐下等。很快，总领事的人马到了，就坐在他们旁边。列普修斯和班戈－夏弗兹伯里从两边门分别溜达进来，坐在包厢里；两人以克劳麦尔为顶点，形成了一个一百二十度的角。“讨厌，”古德费罗说，“我们本来应该去上面的。”四个警察从中间通道走了过来，朝上瞅了班戈－夏弗兹伯里一眼。他指着泼潘提恩。“我的天。”古德费罗抱怨道。泼潘提恩闭上眼。他把事情弄砸了。这就是人们铸下大错时会发生的事情。警察包围了他们两个，立正站着。“好吧。”泼潘提恩说。他和古德费罗站起身，被护送出剧院。“我们要看你们的护照。”其中一个警察说。他们身后传来了开场一幕的欢快弦乐声。他们顺着一条窄路往前走，前后方各是两个警察。当然，很多年前他们就商量好信号了。“我想见英国领事。”泼潘提恩说着，便转过身，掏出一把古旧的单发手枪。古德费罗用枪对准了另外两人。那个要看他们护照的警察皱眉怒视。“没人说他们有枪。”另一个抗议道。他们干净利落地敲中四人的头颅，警察就这样晕了过去，被拖进了草丛里。“真是小儿科，”古德费罗嘟哝道，“我们很走运。”泼潘提恩已经开始往剧院跑去。他们上楼梯时两级一步，然后开始找空包厢。“在这里。”古德费罗说。他们溜进包厢。这个地方几乎正对着班戈－夏弗兹伯里的包厢。这也就意味着他们在列普修斯的隔壁。“蹲下。”泼潘提恩说。他们半蹲着，透过金色的小栏杆向外偷看。在舞台上，埃德蒙多和学生们嘲笑着充满浪漫主义、欲火中烧的格里厄。班戈－夏弗兹伯里正在检查一把小手枪。“准备行动。”古德费罗低声说。驿站马车的号角响了。马车吱吱呀呀地驶进了客栈院子。班戈－夏弗兹伯里举起手枪。泼潘提恩说:“列普修斯。隔壁。”古德费罗撤了出去。马车停了下来。泼潘提恩盯着班戈－夏弗兹伯里，然后将枪口移到右下方，直至对准了克劳麦尔勋爵。他突然想到，也许他自己现在就能结束这一切，然后再也不用担心欧洲。他刹那间感到非常犹豫。一直以来所有人又有多当真呢？效仿班戈－夏弗兹伯里的策略就会比挫败他们更不真实吗？就像一只该死的松鸡，古德费罗曾经说过。曼侬被人扶下马车。格里厄目瞪口呆地看着她，表情迷离，在她的眼里读出了自己的命运。有人正站在泼潘提恩身后。他回头一看，就在那绝望之爱的短暂时刻，看见了莫德威尔普站在那里，神情苍凉，显得极老，脸上带着丑陋却温情的微笑。情急之下，泼潘提恩转身乱射，也许是冲着班戈－夏弗兹伯里，也许是冲着克劳麦尔勋爵。他看不见，也永远无法确定哪个才是他预计的目标。班戈－夏弗兹伯里把手枪插进外套里，然后消失了。走廊外有人在打斗。泼潘提恩把这个老人推到一边，赶忙跑出去，只见列普修斯正摆脱古德费罗，朝楼梯逃去。“别，亲爱的伙计，”莫德威尔普喘着气说道，“别去追他们。你们人少。”泼潘提恩已经到了最上面一级台阶。“三比二。”他咕哝道。

“不止三个。我的头，他的头，还有内勤……”

听到这话，泼潘提恩顿时停住脚步。“你的——”

“我受命而来，你知道的。”老人语气中有些歉意。接着，他用一种怀旧的快速语调说：“你不知道吗，这次的局势很严重，我们全部出动了——”

泼潘提恩烦躁地朝后面看了看。“滚，”他喊道，“滚去死吧。”他只是隐约感到，这次对话会变成最后的终结。

“大头头亲自出马，”在他们跑下楼梯时，古德费罗感慨道，“形势一定很糟糕。”在前方一百码处，班戈－夏弗兹伯里和列普修斯跳上了一辆马车。莫德威尔普抄了一个近道出来，显得出奇的敏捷。他在泼潘提恩和古德费罗左边的一个出口跑出，与同伙们会合。“让他们走吧。”古德费罗说。

“你现在还听我的命令吗？”泼潘提恩不等对方回答，就找到一辆双座马车，跳上车，调转马头去追。古德费罗抓住车，也跳了上去。他们顺着沙里尔·卡莫尔帕夏大街飞驰，路上的驴子、游客和导游纷纷四散躲避。在谢泼德酒店的门口，他们差点就撞上了维多利亚，她已经从里面出来，到了大街上。古德费罗扶她上了车，这耽误了十秒钟。泼潘提恩不能抱怨什么。她又是知情者。有某种东西从他手里溜走了。他这才开始意识到自己遭到了严重的背叛。

这不再是一场单打独斗。它何曾是过？列普修斯、班戈－夏弗兹伯里，还有所有的其他人，都不只是莫德威尔普的工具或身体的延伸。他们都卷入其中；他们都下了注，集体行动。接受命令。谁的命令？是人类的命令吗？他怀疑不是：在开罗的夜空上，他看见（也许它只是一片云彩）一条钟形曲线，就像明亮的幻象，也许是想起了某个外交部年轻特工的数学文本。他不像处于战斗边缘的君士坦丁大帝，无法在这么晚的时候依据任何神启去改宗。他只是无声地咒骂自己，骂自己太愿意相信一场根据决斗规则进行的战斗，哪怕是在这样一个历史时代。但他们——不，是它——并不遵守那些规则。它只信统计意义上的概率。他从什么时候起不再面对某位敌手，而是与一种抽象的力量，一种数量去展开较量的呢？

这条钟形曲线是一个正态分布或高斯分布。在它下面，悬着一个看不见的击锤。钟声正为泼潘提恩敲响，虽然他只是将信将疑。

前面的马车向左拐了个急弯，然后朝着运河驶去。到了那里，它又向左转，沿着运河那条细细的水带一路狂奔。月亮升起了，半弦月，又大又亮。"他们要去尼罗河桥。"古德费罗说。他们经过了赫迪夫宫，然后咔嗒咔嗒地驶过大桥。桥下黏稠的河水在夜色中奔流。到了桥的另一头，他们转向南方，在月色下策马飞奔在尼罗河与总督府之间的路上。到了采石场前方时，他们又向右转。"如果这不是去金字塔的路线那才真见鬼了。"古德费罗说。泼潘提恩点点头："大约还有五英里半。"他们转了方向，经过了监狱和吉萨村，上了一条弯道，穿过铁轨，一直朝着正西方驶去。"啊，"维多利亚轻轻地说，"我们就要看见斯芬克斯了。"

“在月光下。”古德费罗讽刺了一句。“别招惹她。”泼潘提恩说。在接下来的路程中，他们都一直保持着沉默，却也无济于事。在他们周围，纵横的灌水渠闪着微光。两辆马车路过了农庄和水车。在夜色下，除了车轮声和马蹄声，以及他们经过时夹裹的风声，一切都很安静。当他们接近沙漠边缘时，古德费罗说:“我们要追上了。”路开始变成上坡，一边是用来防沙漠的护墙，有五英尺高。道路蜿蜒地向左方延伸，越来越陡。突然，他们前面的这辆马车猛地停了下来，一头撞到了墙上。车上的人赶忙跑出来，然后徒步爬剩下的路。泼潘提恩继续沿着弯道往前赶，在距离胡夫金字塔大约一百码的地方停了下来。莫德威尔普、列普修斯和班戈 - 夏弗兹伯里已经没了踪影。

“我们四下找找。”泼潘提恩说。他们围着金字塔找了一圈。斯芬克斯蹲在南边大约六百码的地方。“该死。”古德费罗说。维多利亚手指了一下。“那儿，”她喊道，“朝着斯芬克斯去了。”他们在坑坑洼洼的地面上没命地跑。莫德威尔普似乎扭到了脚踝。另外两个人在帮他。泼潘提恩掏出手枪。“你自作自受，老家伙。”他喊道。班戈 - 夏弗兹伯里转过身来开火。古德费罗说:“我们到底要如何处置他们? 放他们走吧。”泼潘提恩没有回答。过了一会儿，他们将莫德威尔普的间谍们堵在了斯芬克斯像的右侧边。

“把枪放下。”班戈 - 夏弗兹伯里喘息着说。“那是单发枪，我有左轮枪。”泼潘提恩没有重新装子弹。他耸耸肩，笑了，将手枪扔到沙地上。在他旁边的维多利亚出神地仰望着他们头顶上方高耸的这个狮子、人或神。班戈－夏弗兹伯里撸起衬衣袖子，打开开关，将它推到另一边。这是一个男孩般的姿势。列普修斯站在阴影下，而莫德威尔普微笑着。“好了。”班戈－夏弗兹伯里说。“让他们走吧。”泼潘提恩说。班戈－夏弗兹伯里点点头。“这不关他们的事，”他赞同道，“这是你和头儿之间的事，对吧？”喔，喔，泼潘提恩想：可不是吗？就像格里厄，他甚至到了现在都一定是有幻觉出现；他不能承认自己是一个彻头彻尾的傻瓜。古德费罗抓住维多利亚的手，然后走开了，朝着马车的方向往回走去。女孩一直都在回头看，热切地凝望着斯芬克斯。

“你冲着头儿大喊，”班戈－夏弗兹伯里高声说，“你说，滚去死吧。”

泼潘提恩把双手放到背后。当然。他们一直在等待这一刻，对吗？等了十五年？他已经不知不觉中跨过了某个临界点。他现在是杂种，血统不再纯净了。他扭头望着维多利亚离开，她对着斯芬克斯，显得那么温情款款。杂种，他想，只是另一种称呼人类的方式。走完这最后一步，你不可能，任何东西都不可能，是干净的。就仿佛是他们拿古德费罗做了实验，因为他那天早上在开罗车站就已经突破了临界点。泼潘提恩冲着间谍头子的吼叫，是他出于爱或慈悲的致命之举。他很快就发现自己真正吼的人是谁。这两者——行动和背叛——相互抵消了。抵消为零。它们总是这样吗？哦，上帝。他再次转身朝向莫德威尔普。

他的曼侬？

“你们是很好的敌人。”他最后说道。这在他听来不太对劲。也许，如果还有更多的时间，还有更多学习新角色的时间……

他们需要的就是这个。古德费罗听到了枪响，回头正好看见泼潘提恩倒在了沙地上。他喊了一声，看着那三人转身离开。也许他们会径直走到利比亚沙漠里，然后一直走，直到抵达某个海边。很快，他转身看着女孩，摇着头。他拉起她的手，然后他们去找马车。十六年后，当然，他到了萨拉热窝，在迎接弗朗茨·斐迪南大公的人群中逡巡。有关于暗杀的传言，可能会引燃一场末日之战。他必须在那里阻止这一切，假如他能的话。他的背已经驼了，头发掉得差不多了。他不时掐他新相好的手，她是一个有胡子的金发女招待，她对朋友们说他是一个头脑简单的英国佬，床上技术平平，但很舍得花钱。

秘密融合

外面正下着雨，十月的第一场雨，意味着晒干草的季节结束了，明媚的秋日也结束了，不再有纯澈的阳光，而几周之前正是这种好天气吸引了众多纽约人在周末北上波克夏[105]，来观赏那阳光下树叶颜色的变幻。今天是周六，还下着雨，相比之下，真是糟糕的搭配。此时的蒂姆·桑托拉正在屋里，等着十点钟的到来，想着该如何从妈妈身边溜出去。格罗佛想今早十点见他，所以他必须得去。他蜷在里屋一台横放在地上的旧洗衣机里；听着雨水从排水管滑落，看着手指上的疣子。这个疣子已经长了两周了，怎么也不消。前几天妈妈带他去看斯洛索普医生，他在上面抹了些红色的东西，关上灯，说道:“注意，当我打开神奇的紫光灯，你看看这个疣子会有什么变化。”这个灯看上去倒没什么出奇之处，但医生一打开它，疣子就发出莹莹绿光。“啊，好。”斯洛索普医生说，“绿色的。这意味着疣子会消失，蒂姆。它要完蛋了。”但当他们正准备走时，医生对蒂姆的妈妈低声（蒂姆已学会了怎样偷听这种私语）说:“暗示疗法半数情况下会奏效。假如这样不能很快消掉，就再带他来，我们试试液氮。”回家后不久，蒂姆就跑去问格罗佛什么是“暗示疗法”。他那时正好在地下室，又在搞个什么发明。

格罗佛·斯诺德比蒂姆稍大一点，是个神童。当然，也有局限。这个男孩有天赋，也有缺陷。比如说他发明的东西常常不好用。去年他搞了个赚钱的野路子，就是帮大家做家庭作业，每次收费一角钱。但他总是露出马脚。也不知怎么的，每当孩子们开始拿九十分和一百分，他们就会知道是他在背后搞鬼（按照格罗佛的说法，他们有一个“曲线”，它会显示出所有人应该是什么水平）。“你斗不过平均律，”格罗佛说，“你斗不过那条曲线。”于是，他们就诚心诚意地去做他父母的工作，劝他们把孩子转走。转去某地。任何地方。他也许擅长学校所有的科目，从火成岩到印第安扫荡他都很懂，但在蒂姆看来格罗佛还是太笨，笨到不懂得如何掩饰自己的聪明。每次只要有机会，他就忍不住要露一手。比如算“某人院子是个三角形，求面积”这种题，格罗佛就忍不住要用点三角学或代数的东西，而班上一半的同学甚至都不会读“三角学”这个单词，“微积分”他们倒是经常在太空漫画书上见过，但也仅仅是个单词而已。不过，蒂姆和其他人对此都很包容。为什么格罗佛不应该炫耀？他有时候挺难熬的。当他和同龄人谈高等数学或更高等的什么时，就是对牛弹琴。格罗佛偷偷告诉蒂姆，他曾经和爸爸讨论外交政策，直到有天晚上他们因为柏林问题而产生严重分歧。“我知道他们应该怎么做。”格罗佛喊道（他总是大喊大叫——对着墙，或是周围任何坚硬的东西——让你知道他发火不是冲你，而是其他东西，他不喜欢那个成年人反复捣腾出的大尺度世界，他们居于其内，却将他排斥在外，他受不了那里的某种懒惰和顽固，而他除了内心之外一切都还尚小，所以也束手无策），“知道他们一步步应该怎么做”。但是当蒂姆问他答案时，格罗佛只是说:“别管这个。我们争什么并不重要。但现在我们不说话了；这个很重要。现在我回到家，他们不理我，我也不理他们。”今年，他只有周末和周三才回家。其他时间，他要通勤坐车二十英里去大学，那是波克夏一所效仿威廉姆斯学院而建的男子学院，只是规模更小。他去那儿上课，和人们聊一切高等的东西。公立学校赢了，终于驱逐了他。他们没时间管他，更希望所有学生都能自己做家庭作业。格罗佛的爸爸好像也同意，因为柏林的话题，父子已经日渐疏远。“倒不是说他蠢或者抠门，”格罗佛冲着他家的燃油炉吼道，“不是的。他比这个更糟。他懂的事我都不关心。而我关心的，他永远都不懂。”

“我没懂你的意思，”蒂姆说，“嗨，格罗佛，‘暗示疗法’是什么？”

“就像信仰治愈法，”格罗佛说，“他们打算就这样去掉那个疣子吗？”

“是的。”他讲了那发绿光的红色玩意，还有那盏灯。

“紫外线荧光，”格罗佛对自己说出这个词颇为得意，“它对疣子没有效。他们打算靠嘴皮子把它消掉，可是我坏了他们的好事，”然后他就笑了起来，在地下室的地上滚来滚去，仿佛有人在挠他的痒痒，“没用的。当它想消失时，就会没的。就这么简单。疣子有自己的意识。”

每当格罗佛可以搅乱大人的计谋时，他就特别爽。蒂姆从未想过去弄明白为什么会这样。格罗佛对自己的动机倒也满不在乎。“他们觉得我应该更聪明些，”他曾猜测道，“我觉得他们有种‘神童’的观念，认为神童就该是怎样怎样。他们在电视上看见过这类孩子，也想我变成那个样子。”蒂姆记得那天他非常生气，因为有个新发明没成功。那是用钠制成的手雷：两个弹仓，分装钠和水，中间是一个爆破隔膜。当钠和水接触时，就会产生巨大的爆炸。但隔膜也许太厚了，结果没破。更糟的是，格罗佛那时正在读维克托·阿普尔顿写的《汤姆·斯威夫特和他的魔法相机》[106]。他总是看似巧合地遇到这些汤姆·斯威夫特的书，不过他最近倒是悟出了原因，他认为这一切都是设计好的；是这些书自己找上门来的，而他的父母和（或）学校对此难逃干系。汤姆·斯威夫特的书对他是一种公然叫板，仿佛有人指望他去比个高低，造出更好的发明，用它们赚更多的钱，做比汤姆·斯威夫特更精明的投资。

“我恨汤姆·斯威夫特！”他吼道。

“那就别读那些书了。”蒂姆建议道。

但是格罗佛做不到；他试过了，但就是戒不掉。这些书每次一露面，就像是从邪恶的隐形吐司机里弹了出来，于是他抓过书来，一顿狼吞虎咽。这是一种瘾；他对太空战舰和电子来复枪念念难忘。“很差劲，”他说，“这家伙就爱显摆，他说话挺好玩，可是个势利小人，而且是——”他敲敲脑袋才想起这个词，“种族主义者。”

“什么？”

“你知道汤姆·斯威夫特的黑仆吗？叫伊拉迪凯特·桑普逊的那个，记得吗？简称为拉迪。他对待这个伙计可差劲了。他们想让我读那种东西，然后变成那种人吗？”

“也许是这么回事，”蒂姆恍然大悟，激动地说，“还想让你这样对待卡尔。”他指的是卡尔·巴灵顿，他们认识的一个黑人小孩。他家不久前从皮茨菲尔德搬到这里。巴灵顿一家住在诺森伯兰小区，那是个新开发的小区，对面有座废弃的采石场，与格罗佛和蒂姆住的明格巴罗老城隔着一两片麦子地。跟他们一样（还包括艾蒂安·切尔德鲁），卡尔热衷于搞恶作剧，不仅喜欢边看边乐，还总爱亲自动手，并想一些新点子。这正是四人常在一起玩的原因。格罗佛不懂为什么要把书中人物拉德和卡尔扯在一起。

“他们不喜欢卡尔，对吗？”他说。

“我觉得不是讨厌卡尔，而是他爸妈。”

“他们做什么了？”

蒂姆摆出一副“别来问我”的表情。“皮茨菲尔德是一座城市，”他说，“我猜在城市里几乎啥事都能做。也许他们玩数字游戏。”

“你这个是从电视上看来的。”格罗佛批评道。蒂姆说是的，然后笑了。格罗佛说：“你妈知道你我和卡尔一起玩吗，或者说鬼混？”

“我没告诉她，”蒂姆说，“她没说不行。”

“别跟她讲。”格罗佛说。蒂姆照办了。倒不是格罗佛习惯发号施令，而是他们这帮人都清楚，尽管他有时会犯错，但仍然是他们当中最见多识广的，听他的话理所当然。假如他告诉你疣子不会消，说它有自己的意识，那么麻省所有的紫光灯和绿荧光都不会管用。疣子会一直在那儿。

蒂姆看着疣子，对它有了戒心，仿佛它真的是个智慧生物。假若他再小几岁，也许就会给疣子起个名字，但是他开始懂得只有小屁孩才会乱起名字。现在他坐在洗衣机里，去年他就拿它做太空舱了。他听着雨声，想到自己岁数渐增，然后越来越老，无可挽回地老下去。但没等这段思绪变为死亡话题，他就停了下来。他决定今天问问格罗佛，是否对另一个东西，即液氮，有什么新知识。“氮是气态，”格罗佛曾告诉过他，“我从来没听过它是液体。”就这些。但他也许今天学到新的了。你永远不知道他从大学能带回些什么。有次，他带回来一个蛋白质分子的彩色模型，现在这玩意藏在那个密室里，那儿还藏着一台日本产的电视机、储备钠、从艾蒂安·切尔德鲁爸爸的垃圾场里捡来的一堆变速器旧零件、对明格巴罗公园每周之袭时偷来的阿尔夫·兰登[107]水泥半身像，还有从另一个旧小区淘来的密斯·凡德罗[108]破椅子，更不用说，还有各种吊灯、挂毯残片、柚木栏杆支柱和一件皮草大衣（他们可以将它挂在半身塑像的脖子上，有时候藏在下面，就像住帐篷一样）。

蒂姆爬出洗衣机，蹑手蹑脚地走到厨房看几点钟了。现在已经十点过几分了。格罗佛自己从来不守时，但总希望别人准点。“守时，”他激昂地抛出这个词，就像是朝你滚来一粒无往不胜的玻璃弹珠，“并非尔等彰显的美德。”这时，你能对他说的只是“什么？”，而他就将此事置于脑后，干起了正事。这也是蒂姆喜欢他的原因之一。

蒂姆的妈妈不在客厅，电视也关了。起初他以为她可能出去了。他从大厅衣橱的衣架上取下雨衣，朝后门走去。这时他听见她拨电话的声音。他拐过墙角，看见她正站在后楼梯下，用下巴和肩膀夹着蓝色的公主电话。她一只手拨号，另一只手则紧握成苍白的拳头放在胸前。蒂姆从未见过她脸上有这样的表情。有点——怎么说来着，紧张？害怕？——他不知道。假使她看见他了，那也是没动声色，虽然他动静已经够大了。听筒不再嘟嘟响，有人接电话了。

“你这个黑鬼，”他妈妈突然骂道，“脏黑鬼，滚出这个镇子，滚回皮茨菲尔德。赶紧滚，不然有你好看的。”然后她迅速挂断电话。握拳的那只手一直在发抖，而现在放下听筒后，另一只手也开始微微抖起来。她迅速转过身，仿佛像鹿一样嗅到了他；她发现蒂姆正目瞪口呆地看着她。

“哦，是你。”她说着就笑了笑，除了她的眼睛。

“你刚才在做什么？”蒂姆说，他其实本来不想这么问的。

“唉，开个玩笑，蒂姆，”她说，“是个恶作剧。”

蒂姆耸耸肩，然后走出了后门。“我出去了。”他头也不回地告诉她。他知道，她现在不会为难他，因为他撞破了她做的事。

他跑进雨里，经过两片湿漉漉的丁香树丛，下了一段坡，走到已经变成干草的深草地中。仅仅走了几步，他的运动鞋就湿透了。格罗佛·斯诺德家的房子比蒂姆家带复折屋顶的那栋要旧，远远就能看见屋后那棵高大的枫树。蒂姆年纪更小的时候，曾把这房子当成人，每次过来都会问声好，仿佛它真的站在枫树边偷看他，那友好的眼神就像是朋友间的游戏。他现在还没能彻底放弃这种习惯，那样的话对房子来说太残忍。所以——“嗨，房子。”他如往常一样说道。这栋房子正面有张脸，是一张慈爱长者的脸，窗户就像眼睛和鼻子，这脸似乎总是在微笑。蒂姆从它边上跑过，有一瞬间他只是个影子，在这巨大慈祥的脸下显得很渺小。雨下得很大。他溜过屋角，来到另一棵枫树前。它的树干上钉了一块块木板。他爬上树（中途还滑下来一次），顺着一根长树枝爬到格罗佛的窗边。房间里传出汽笛和电器的声响。“格罗[109]，”蒂姆用力敲了敲窗，说道，“嗨。”

格罗佛打开窗，向蒂姆宣告他有可悲的拖延倾向。

“什么？”蒂姆说。

“我刚听见一个纽约的孩子说话，”当蒂姆爬进房间时，格罗佛告诉他，“今天的天空有点怪怪的，因为——你知道的——我经常连斯普林菲尔德都连不上。”格罗佛是个无线电爱好者。他自己会组装无线电收发机和测试装置。不仅是天空，还有这些山的缘故，信号接收总是不太稳定。有几次蒂姆晚上在那边留宿，随着渐浓的夜色，格罗佛的房间会充满各种不见其人的声音，有时甚至来自大海。格罗佛喜欢听，但很少向别人发无线电。他在墙上贴着公路地图，每次监听到新声音，就会在地图上做个标记，还写上波段。蒂姆从没见过他睡觉。无论蒂姆什么时候醒来，他都还没上床，在那里摆弄拨号盘，头上戴着一副巨大的橡胶耳机。他还有个扬声器，有时会把它打开。在蒂姆似睡非睡时，恍惚中会听见有人呼叫警察去调查车祸或去原本应该万籁俱寂的地方查看声音和移动的鬼影；听见出租车司机去火车站接晚上到的乘客，抱怨咖啡不好，或和调度员讲荤笑话；听见半场象棋比赛的转播；听见从荷兰山过来的拖船拉着一排装石头的平底船，沿着哈德逊河而下；听见秋冬季节上晚班的道路工摆出防雪栅栏或扫雪；在天空中那个亥维赛层[110]条件允许的情况下，还能断断续续听见海上的商船——所有的这些声音都传过来，然后渗透充盈到他的梦里，所以早上起来时，他根本不知道哪个是真实的，哪个是虚幻的。格罗佛也说不清。还没有完全摆脱梦境的蒂姆会在醒来时说:“格罗，那个走丢的浣熊怎么样了？警察找到它了吗？”或者说:“那个住在河上船屋的加拿大伐木工怎么样了？”格罗佛总是会回答:“我不记得了。”当艾蒂安·切尔德鲁也在这边过夜时，他记得的东西会和蒂姆不同：唱歌的声音，向某个总部汇报的观獾爱好者，或是夹杂着意大利语的关于职业足球的激烈争吵。

艾蒂安今天也应该到的。这是每周六上午例行的通气会。也许他爸爸留他在垃圾场干活所以才晚了。他是个非常胖的孩子，常把自己的名字“80N”写在电线杆上，后面还加上“哈，哈”，所用的蜡笔其实是从养路工那里偷来的黄色赭石。艾蒂安和蒂姆、格罗佛和卡尔一样，喜欢搞恶作剧，不过他已到了迷恋的程度。格罗佛是个天才，蒂姆则希望有朝一日能当篮球教练，卡尔可以成为他队里的明星，但艾蒂安能想到的职业就是去搞笑。“疯了，”孩子们告诉他，“以此为业？你的意思是，去电视上当喜剧演员，扮小丑？”艾蒂安一边将胳膊搭在你肩膀上（假如你足够警惕，将发现他这么做并不是出于友情，而是要用透明胶把标语贴到你身上，上面写的是“我的妈妈穿军靴”或“踢这里”，还带一个箭头），一边告诉你："我父亲说，等我们长大后，一切都会机器化。他说唯一招人的地方，就是为报废机器准备的垃圾场。机器唯一不能做的事就是搞笑。人能派上用场的地方，就是讲笑话。"

孩子们也许是对的：也许他是有点疯癫。他敢做一些别人都不会试的事：放警车轮胎的气；穿着潜水服跑到造纸厂的排水沟里，把淤泥都搅起来（让工厂曾经差不多停产了一个礼拜）；在校长离开办公室去给八年级学生上课时，溜进去在桌子上留一些愚蠢荒唐的便条，上面署名"幽灵"。诸如此类的事。他痛恨体制化的东西。他的头号敌人，也就是他永恒的目标，就是学校、铁路和家长教师协会。他周围聚集了一帮不满分子，校长在吼他们时总骂他们是"废材"，他们没人懂这个词，格罗佛也不解释给他们听，因为这种骂法让他很恼火，就如同骂谁是"意大利佬"或"黑鬼"。艾蒂安的朋友包括莫斯特里兄弟，即阿诺德和科尔米特，他们嗅航模黏合胶，从商店偷捕鼠器，他们为了好玩，会将捕鼠器的弹簧夹好，站在空地中间，然后扔给彼此；金·杜菲，这个身材瘦小、长相奇特的六年级生编了一条及腰的金发辫子，辫子头因为在墨水瓶里泡过，所以常常是蓝色的，她非常喜欢爆炸性的化学反应，负责往密室补给钠的储备，她跟男朋友盖洛德合谋，把这东西从明格巴罗高中的实验室里偷运出来，她男朋友是一个读高二的铅球运动员，喜欢和孩子们玩；霍根·斯洛索普，医生的孩子，八岁就染上深夜喝啤酒的瘾，九岁时信教，宣誓戒酒并加入了"匿名戒酒会"，他那个一向宽容的父亲对此表示支持，而当地的匿名戒酒会也不介意，因为他们认为让孩子入会可以提振人心；南兹·帕萨雷拉，从二年级开始他就把一头成年猪带到“看与说”课上，这头二百五十公斤的波中母猪跟他一起坐校车，形影不离，后来他还建了一个“疯女苏·敦汉姆”[111]的粉丝会，为的是纪念那个美丽的传奇流浪者。她上世纪曾在这个丘陵之乡游荡，交换别人家的婴儿并四处放火，在某种程度上，是这些孩子的庇护圣徒。

“卡尔在哪儿？”蒂姆用格罗佛的运动衫擦干头，然后说道。

“在地下室，”格罗佛说，“在玩犀牛脚。”这种东西就像鞋子，可以下雪时穿在脚上。“怎么了？”

“我妈妈——”他说这些时很为难，因为人们不应该揭发自己的妈妈，“她又去招惹人家了。”

“招惹卡尔家？”

蒂姆点点头。

格罗佛皱了皱眉头。“我妈也是。我听到她们谈这些东西，你知道的——”他用大拇指指向一副耳机，它直接连到位于父母卧室的窃听器，那是他一年前放过去的，“这叫种族问题。我一度以为他们说的是真正的比赛，赛车[112]之类的。”

“她又用了那个词。”蒂姆说。这时，卡尔进来了，没穿犀牛脚，静静地笑着，仿佛他也在格罗佛的房间装了窃听器，所以知道他们谈了些什么。

“你想听吗？”格罗佛说，冲着无线电设备点了点头，“我连上纽约已经有一分钟了。”

卡尔说好，走过去戴上耳机，开始调频道。

“艾蒂安来了。”蒂姆说。这个胖男孩悬浮在窗边，就像一个表面光滑的气球。他脸上有油渍，做出斗鸡眼的样子。他们让他进来。“我有个东西，会把你们吓炸窝。”艾蒂安说。

“什么？”蒂姆说。他还在走神，想着他妈妈的事，对艾蒂安的话并没提防。

“在这儿呢。”艾蒂安说。他从衬衣里掏出一个装满雨水的纸袋，朝着蒂姆砸去。蒂姆抓住他，两人扭打起来，格罗佛冲着他们大吼大叫，让他们小心别碰到无线电。每当他们滚到卡尔的脚边时，他就抬起脚，笑得不行。当他们罢手时，卡尔取下耳机，按下电源开关，而格罗佛走到床边，跷着二郎腿坐下。这意味着秘密帮会要开会了。

“先报告一下进展，好吗，”格罗佛说，“艾蒂安，你本周有什么消息？”他有个带夹子的写字板，每当竭力思考时，总是有节奏地掰夹子。

艾蒂安掏出一些折放在后裤兜的文件，开始读：“铁路。军货库增加新灯笼一个，鱼雷两个。”

“军火库。”格罗佛咕哝道，同时在夹纸板上写着什么。

“好的。我和克米又去数了一遍福克斯特洛特和魁北克的汽车。福克斯特洛特有十七辆轿车，三辆卡车出现在四点半到——”

“我过会儿再记这些数字，”格罗佛说，“我们能不能在那条捷径上做点啥，就是那段小路，难道路上的汽车太多了？——这是关键。”

“哦，”艾蒂安说，“那路上车是挺多的，格罗。”他露出牙齿，冲着卡尔和蒂姆做了个斜眼，惹得他们笑了起来。

“你们能不能晚点去？”格罗佛烦躁地说，“晚上，比方说九点？”

“我不知道，”艾蒂安说，“我得溜出去，然后——”

“好，那就溜出去，”格罗佛说，“我们也需要晚上的数字。”

“但是他——他不放心我，”艾蒂安说，“他真的担心。”

格罗佛冲着夹纸板皱了皱眉，掰了夹子几下，然后说：“好吧，学校怎么样？有什么消息？”

“我们又招了几个小孩，”艾蒂安说，“一年级的。他们总挨批评。他们扔粉笔。什么都扔。其中一个人胳膊非常好使，格罗。我们得训练他们如何扔钠。这倒是个问题。”

格罗佛抬起头。“问题？”

“他们可能会把它吃掉。有个孩子——”他咯咯地笑起来，“吃粉笔。他说味道不错。”

“好吧，”格罗佛说，“继续找。我们需要人，艾蒂安。这是一个非常关键的地区。我们将必须炸掉那个男厕所。我们追求的是对称。”

“公墓？”蒂姆斜着眼睛，皱着鼻子说道，“你要搞公墓干什么，格罗？”

格罗佛向他解释了这个词[113]。他用粉笔在墙上的绿画板上草绘了学校的平面图。“对称、时机，”他吼道，“协同。”

“我的成绩单上有那个，”艾蒂安说，“那个词。”

“对，”格罗佛说，“它的意思是在体育馆你的手、脚和头能相互配合，在我们这样的帮会里也是如此，就像是你身体的器官那样。”但是他们已经不听了。艾蒂安在撕自己的嘴；蒂姆和卡尔正轮流冲着对方胳膊打。格罗佛冲着他们啪啪地掰夹子，他们这才停止胡闹。“艾蒂安，还有别的吗？”

“就这些。对了，家长教师协会周二开会。我想再派霍根去。”

“你还记得上次，”格罗佛努力说道，“他干了些什么吗？”最初计划是想让霍根·斯洛索普凭自己在匿名戒酒会的经验，更好地打入家长教师协会内部，因为格罗佛觉得霍根·斯洛索普对于成年人的会议应该了解最深。这又是一招臭棋。因为自己的误判，格罗佛不高兴了一个星期。霍根并没老老实实地找个不显眼的地方坐下来记笔记，而是去试图扰乱会议。“我想，”霍根说，“我想举一下手，说‘我叫霍根·斯洛索普，我在上学’，然后和他们讲点学校的事儿，这也没啥。”

“他们不想知道。”格罗佛说。

“我妈妈想，”霍根说，“她每天都问我在学校干了什么，然后我就告诉她。”

“她没往心里去的。”格罗佛说。当他走上台想让大家听他背匿名戒酒会的十二步法则时，他们就把霍根·斯洛索普扔了出去。是真把他扔了出去——他很轻，一拎就起来了。

“为什么？”格罗佛尖叫道。

“他们开会，”霍根试着解释，“开会。家长教师协会的方式完全不同。他们有规矩啥的，所有人都更加，更加……”

“正式，”格罗佛提示道，“官方化。”

“好像他们在玩某种游戏，一种我从前没听过的游戏，”霍根说，“而在匿名戒酒会，我们只是聊天。”

下次家长教师协会开会时，金·杜菲抹上口红，做了法式卷发，穿上她最老气的衣服，戴上一副她忽悠妈妈买给她的28A带垫胸罩，然后成功地混了进去。于是她成了新的卧底。

“现在，”艾蒂安概括道，“霍根被一个女孩子取代，他觉得很不爽。”

“我喜欢霍根，”格罗佛说，“不要误会，伙计们。但是他能在那种戒律森严的场合正常表现吗，这是我——”

“什么？”蒂姆和卡尔齐声说道。这是他们之间形成的小默契，它总让格罗佛摸不着头脑。格罗佛耸耸肩，承认可能会影响士气，就告诉艾蒂安说，好吧，霍根可以再试一次。下一个汇报的是蒂姆。他负责筹款和训练。此时此刻，所有人都在忙着即将开始的年度演习。它的代号是“斯巴达克斯”行动，这是格罗佛从同名电影中借来的。当时为了看这个片子，他特意去了趟斯托克布里奇，喜欢得不行，以至于接下来一个月每次经过镜子，都要冲着镜中的自己做出一副柯克·道格拉斯的表情。这将是“斯巴达克斯”的第三年，是为真正的奴隶起义而做的第三次演习，只用A行动来指代。“A代表什么？”蒂姆曾经问过。“角斗场，”格罗佛回答时，脸上表情很奇怪，“末日之战[114]。”“显摆。”蒂姆说完，就忘了此事。训练孩子时，没必要知道那些首字母代表什么。

“弄得怎么样了，蒂姆？”格罗佛问。

蒂姆兴致并不高。“没有好的实物模型，格罗，这事真没啥劲。”

“得给其他人重新说说，蒂姆，”格罗佛一边讲，一边在纸夹板上写，“我们基本上按照去年的方式来做，对吧？”

“对。还是用法佐的庄稼地，建场规模按——”他指着绿板上的草图，“全尺寸。但我们会用艾蒂安从养路工那里搞来的小木桩和旗子，不用石灰。”去年，很多孩子本来表现得很好，可当他们到了象征学校建筑的白色外围线时，就突然停了下来，站在那里用鞋子把白灰蹭到草里。在事后的检讨会上，格罗佛提出了一种解释，认为草上的白线可能让孩子想到了黑板上的粉笔字。用石灰还有另一个问题，就是在“斯巴达克斯”行动结束后，他们还得把石灰线给清掉。如果用木桩的话，只需要拔起来就好了。木桩更省事。

“但是，”蒂姆说，“还是不如真正的墙。甚至还不如纤维板。跑过一条线，假装那是门，这倒是容易。但你需要的是门本身。你需要真正的楼梯，真正可以扔钠弹的厕所，你知道吗？”

“两年前你们可没这么想。”格罗佛指出。

蒂姆耸耸肩。“它不再那么真实了。至少我是这么想的。等时机一到，进攻开始，我们怎么知道他们的表现会不走样呢？尤其是那些小孩子。”

“我们不知道，”格罗佛说，“但是我们没钱建什么复杂的实体模型。”

“我们差不多有二十五块钱，”蒂姆说，“他们现在从订牛奶的钱里开始攒，就连那些还没轮到交份子的也愿意出，你知道吗？”

格罗佛冲他耷拉着眼皮。“你是不是对他们来狠的了，蒂姆？我不需要这种方式。”

“没有，格罗，我发誓，他们做这些都是自愿的。他们说——有几个孩子这么说——他们相信我们。有些人根本不爱喝牛奶，所以他们不介意放弃这个。”

“注意别让他们太积极了，”格罗佛说，“老师会起疑心的。按计划每天有些固定的牛奶收入就可以，大家轮着，一步步地来，悄悄地搞。这样做每天可能攒不下多少，但却稳定。如果你弄得太明显，所有人都一齐把零钱交给你，那么他们就会起疑心。慢点来。其他收入怎么样？我们在皮茨菲尔德负责销货的人怎么样了？”

“他现在想要家具，”蒂姆说，“这个难办。我们是可以搞到家具，从韦罗小区，从罗森茨威格，从另外两三个地方都能搞到。但是我们怎么把家具送到皮茨菲尔德呢？我们没招。而且他也开始拒绝上门取货了。”

“靠，”格罗佛说，“我们恐怕要把他踢出局了。瞧，根本不能信任他们。一旦他们开始压价，这就意味着他们根本不想再和你打交道了。”

“呃，那，”蒂姆插嘴道，试图阻止格罗佛又开始讲大道理，“你知道的，那个实物模型？”

“没门，没门，”格罗佛说，“我们需要那笔钱来做别的事。”蒂姆躺倒在地毯上，看着天花板。“说完了吧，蒂姆？好，现在该卡尔。新区那边怎么样了？”

卡尔是诺森伯兰区（明格巴罗的新区）的行动组织人。只要时机成熟，老城区很容易搞定，但新开的购物中心却让他们头疼，这里有超市和崭新的食杂店，可以买到万圣节面具，还有总是停满了车的停车场，甚至连深夜也是如此。前年夏天它还没竣工，蒂姆和艾蒂安曾在傍晚时去那里，在填土堆上玩山寨大王的游戏，一直玩到天黑；然后他们偷木材，把平地机和推土机的油箱放空，甚至当山下克罗迪沼泽的青蛙叫得正欢时，还砸了几扇窗户。孩子们不太喜欢这个楼盘，不喜欢它被称为“区”，因为它每块地只有五十英尺宽，一百英尺长，和过去“镀金时代”的小区完全不可同日而语，那些才是真正的区，它们围着旧城而建，就像那些梦中围在你床边的活物们，那些隐于空中、挥之不去的东西。像格罗佛的家一样，这个区的房子也有头有脸，却没有复折屋顶式房屋的朴素与诚实：相反，它们戴着花哨的铸铁面具，上面嵌着神秘深邃的眼睛，两颊上纹着花纹瓷砖，那些巨大的吊门如嘴巴一般，一排排死掉的棕榈树就像这些嘴巴的牙齿，步入其中一道门，就像重新进入梦境，连那些从这里打劫走的东西都似乎不真实；无论你是把这些劫掠品拿到秘密地点藏匿，还是送到皮茨菲尔德的旧货店销账，它们都是梦中的战利品。但是，在诺森伯兰区，那些布局凌乱的低矮住宅都大同小异，让人提不起兴趣去光顾。如果去这里打个劫，顶多不过鸡飞狗跳一下，然后警察把你逮进局子；没有小小的法外之地，没有秘密生活的可能，也不可能有超自然的存在；没有树、秘密通道、捷径、涵洞、中空的灌木丛——这个地方的一切都暴露在光天化日之下，一切都一览无遗；无论是溜到屋后和地下，或从屋外拐出去，沿着安全无虞的街道走下去，你哪里都去不了，你总是走着走着就回来了；无处可去，除了那毫无生气的人间。卡尔是少数几个住在那边却能和老城的孩子们相处融洽的。他的工作是宣传公关，拉人入伙，侦查十字路口、商店等可能有战略价值的地点。这不是一份值得羡慕的工作。

“还有那些电话，”在总结完这一周的工作后，卡尔说，“搞恶作剧的。”他讲了一些他们当时说的话。

“笑话，”艾蒂安说，“这有什么好玩的？给人打电话，骂一下他们，这不是笑话。这根本就是无聊。”

“情况如何，卡尔？”格罗佛想知道，“你觉得他们起疑心了吗？他们会不会猜到我们的计划？”

卡尔微微笑了一下，他们于是知道他接下来要说什么了。“不，很安全。还是安全的。”

“那为什么要打这些电话？”格罗佛说，“如果这与A行动无关，那又是什么？”

卡尔耸耸肩，坐在那里看着他们，仿佛他知道原因，知道一切，知道他们无人可以猜破的秘密。他仿佛在玩着某种心理捉迷藏，某种他们中的其他人迄今仍无法洞悉的诺森伯兰区的密码。卡尔只会在未来的某天告诉他们这密码的含义，若想获此奖赏，他们就得更花心思去运筹帷幄、面对父母时更勇敢、在学校里更机灵，或在某个他们尚未想到的方面做得更好。等到时机成熟，卡尔才会通过卖关子、抖包袱，以及看似随意的话题跳转，让他们知道究竟该朝哪个方面努力。

“会议结束，”格罗佛宣布道，“走，去密室。”

雨已经变成了四下飘散的水雾。四人顺着树溜下，跑出格罗佛家的院子，沿着小区，来到一片堆满湿淋淋干草的田野。穿过田野时，他们捡到一只叫皮埃尔的巴吉度胖猎犬。天晴时，它就睡在本州高速公路的中央，这条高速公路经过明格巴罗的那段叫奇卡迪街。不过，这场雨令它精神抖擞起来。它随着他们一路小跑，像小狗那样吠叫，仿佛想用舌头接住一些雨水。

人们是看不到傍晚的日落了——下午就已经有几分晦暗了。你也看不到任何山丘，因为云压得很低。蒂姆、格罗佛、艾蒂安、卡尔和皮埃尔倏地跑过田野，就如同影子一样。他们走上一条泥土路，路上的车辙里已积满了水。这条路顺着一座小山脊，延伸到于尔约国王的森林。这林子是以一个欧洲窃国者来命名的，在三十年代中期时，他为了躲避当时笼罩欧洲的日食，也为了离开自己那个半真半假的影子国家而逃到这里。按民间说法，他用一桶珠宝换来了这片土地。至于为什么要用桶，倒没有人解释过，毕竟这听上去不像是携带珠宝的实用办法。据说他还有三个（有人说四个）妻子，一个明媒正娶，其他则是贵庶通婚；他有位极为忠诚的助手，是个身高七英尺的骑兵军官，留着大胡子，穿着带马刺的靴子，佩戴金质肩章，手里总拿把猎枪，会毫不犹豫地对任何擅自闯入者开枪，尤其是孩子。他在此处阴魂不散。他仍然住在这里，虽然他的国王早就不在了——至少大家都相信是如此——虽然没有人真正见过他，只是听见他重重的靴子踩在枯死的落叶上，在树枝和荆棘之间追赶着仓皇而逃的你。你总是会逃脱的。孩子们能感觉到，他们父母对国王流亡的内幕是知情的，但却对孩子们守口如瓶：他们提到过黑暗的降临，是的，大逃亡，还有一次大规模的战争——所有这些都未提及名称和日期，只是从父母、电视纪录片、社会研究课（假如你恰好在听的话）和海军陆战队题材的漫画中偶得的只言片语里拼凑而来，但听得都不真切，也不具体；这些都藏在密码里，闪着柔光，从未得以澄清。于尔约国王的这块地，成了孩子与这一历史巨变之间唯一的真实纽带，看林人和追击者从而得以成为军人。

不过，他从未给这个小帮会添过麻烦。多年以前，唯独他们设法搞清楚了他不会造成侵扰。自此以后，他们走遍了这里，没有看到他确切的踪迹，虽然模棱两可的线索还是很多。这并不能证明他不存在，却意味着他们可将此处作为绝好的藏匿之所。无论诚心还是假意，他们将这个骑兵巨人当作了自己的庇护者。

这条路穿过一片松树林，高高的树枝上有鹧鸪在嗡叫。水滴落下来；鞋子在泥巴里咯吱咯吱响。穿过这些树，就看到一片曾经很平滑的草地，它曾平滑得像是长长海浪的背脊，可现在却满是野草和兔子洞，还长着高高的黑麦。据蒂姆的父亲说，很多年前，只要有马车驶入这段路，孔雀就会穿过这片辽阔的草地往山下跑，展开它们美丽的尾屏。“哦，是的，”蒂姆说，“这是在彩色电视节目出现之前吧。我们什么时候可以有一台彩色电视，爸爸？”

“黑白的已经足够好了。”他爸爸说，然后就没了下文。蒂姆问过卡尔家里是否有彩色电视。“我为什么要有？”卡尔说，然后立刻补充道，“哦！原来如此。”他大笑起来。蒂姆和喜剧专业人士艾蒂安都明白，假如听众已猜到下一句台词，你还不如就此打住。他搞不懂卡尔为什么要如此大笑。这并不那么好笑，甚至还挺有逻辑性的。他的确认为，卡尔不仅仅自己是“有色的”，而且和各种色彩都有渊源。每当蒂姆想到卡尔时，总是将他与绚烂的红色与赭色联系在一起，这是初秋的颜色，距今不过一个月，当时卡尔搬到明格巴罗不久，蒂姆与他刚刚结为朋友，他觉得卡尔一定把波克夏的秋天永远带在了身上，那是一个色彩缤纷的世界。甚至在今天下午灰白的日光下，在他们走进的这个地方（此处之所以光线不佳，大概是因为它有一部分是属于过去的），卡尔都在熠熠生辉，发着亮光，从而补偿了周围光线的缺失。

他们离开大路，穿过杜鹃花树丛，下到一条景观运河的堤坝上，这是上世纪末某个水道和小岛系统的一部分，当时可能是打算为纽约糖果业巨头埃尔斯沃思·巴菲建一个微缩版的小威尼斯，此人是该项目最早的推动者。和很多在内陆小山上修建城堡的人一样，他与杰·古尔德[115]及其合伙人，即那个开朗的波克夏商人朱比利·吉姆·菲斯克是同时代的。有一次，刚好就是每年的这段时间，巴菲为总统候选人詹姆斯·G.布莱恩办了一个化装舞会，因为下暴雨和弄错了火车时间，布莱恩本人并未到场。大家并不惦记他。波克夏县所有的富豪在巴菲那栋棉花糖豪宅的大舞池里聚集一堂；派对持续了三天之久，在这次乡间之行中，有巡演的法国小丑，他们喝得醉醺醺，在月光下显得很苍白，有抱着本地粮食酒不放的丑陋的婆罗洲猿猴，有花枝招展、浓妆艳抹的纽约女演员，她们穿着丝质披肩、红色胸衣和长筒袜；有印第安野人，有文艺复兴时期的王子，有狄更斯笔下的人物，有佩斯利牛，有戴着花束的熊；有戴着花环的女孩，她们寓意自由进取、进步和启蒙；有缅因大龙虾，它未能将爪子伸向候选人。外面下着雪，在派对最后一天的早上，有个扮成科伦芭茵[116]的跳芭蕾的漂亮女孩被发现在采石场里奄奄一息；一只脚的脚趾被严重冻伤，不得不被截掉。她再也没能跳舞，而到了十一月份，布莱恩输掉了竞选，也被人忘却。巴菲死后，这处房产被一个金盆洗手的堪萨斯铁路劫匪买走，1932年时又以极低价格卖给一家连锁酒店，他们付不起装修费，最终决定与其让它白白烧钱，还不如收下于尔约国王的一桶珠宝。现在，国王也没了，房子又空了，除了“孩子帮”和传说中的那个骑兵军官，再也无人光顾。

藏在芦苇丛中的，是一艘他们捡来的平底小船，经过修补，将之命名为“S. S. 里克”号。他们上了船，蒂姆和艾蒂安划桨。皮埃尔蹲坐在船上，将狗爪放在船的前端，就像是一座装饰船头的雕像。河的下游有只青蛙跃起，落下的雨让黑色水面平添了许多斑驳。他们划着船，在仿威尼斯风格的假桥下驶过，有些桥没铺地板，透过桥身，可以抬头看见灰色的天空；小船经过之处，有一些小栈桥，没涂沥青的木桩已经烂掉了，上面布满了绿色的黏液；有一栋开放式的避暑小屋，窗上的铁丝网已经锈穿了，甚至连微风都能把它吹动；有一些被岁月侵蚀的青年男女的雕像，它们都是高鼻梁，披着无花果的树叶，握着丰饶角、弩、神话里潘神用的箫和弦乐器，还有石榴、卷轴之类的。不久，在叶子落尽的柳树梢头，这栋大宅显露出来，他们靠得愈近，房子愈发高大——每划一次桨，就有更多的塔楼、枪炮口、飞扶壁映入眼帘。它外表看上去已经非常破败了：很多墙砖都掉了，油漆也脱落了，破碎的石板屋顶不断滑落，堆在一起。大部分的玻璃窗都破了，这是多年来紧张兮兮的孩子们壮胆袭扰的结果，他们要忌惮骑兵军官和他的猎枪。到处都是老木头——八十年的老木头——的腐旧之气。

他们将船绑在河边人行道的铁栏上，然后一齐上了岸，绕到这所大房子的侧门。无论他们来这个密室多少次，进入房子时总会感到一种仪式感，这和擅自闯入别的任何地方都不同：要下一番决心才能从外面走进去。屋里充满了一种压力、一股气味，它抵抗着外界的侵入，并让他们始终意识到它的存在，直到他们再次离开。没人叫得出这个东西的名字，但他们知道它在那里。作为仪式的一部分，他们相互对视，尴尬一笑，然后朝着等待他们的微光走去。

他们走进屋子，贴着房间边缘行进，因为天花板的中央挂着一盏满是蜘蛛网的燧石玻璃吊灯，它朝上的一面堆满了厚石笋般的灰尘，如果走在它下面，他们知道会有什么后果。屋里到处都是这种无声的禁令：挂窗帘的地方不能去，那后面能蹦出东西吓死你；有几段翘起的地板不能踩，它们可能突然塌裂，下面就是地牢或一团黑暗，你身边连个抓手都没有；门不会在你身后一直开着，它们会悄悄自动关上，除非你盯着它们。这些地方都最好离远点。通往密室的行程就像是驶入布满暗礁的危险港湾。假如有四个以上的人同行，就不会有什么危险；这不过就是一群野孩子跑进一栋老房子。假如人数不够，他们可能压根就走不过第一个房间。

“孩子帮”的脚步声吱吱作响，也许是回音，那些运动鞋清晰地留下了黑色肋纹的湿鞋印，他们走进于尔约国王家的内部，经过的壁镜里映出他们黑色暗淡的模样，仿佛他们身体的某些部分被扣下来充当了门票；他们穿过走廊，那里挂着一些旧的天鹅绒布，破旧不堪的布面上形成了地图的图案，但这里的海洋和陆地是他们地理课上从未学过的；他们穿过放炊具碗碟的房间，他们曾在里面找到一箱有几十年历史的莫克西碳酸饮料，里面还剩九瓶，在“S.S. 里克号”的命名仪式上，金·杜菲在船首上敲碎了一瓶，另外两瓶是庆祝去年差强人意的斯巴达克斯演习和最近卡尔·巴灵顿入帮时喝的；他们下了楼，穿过一排排空的存酒架，进到空荡荡的工具室，里面摆着空空的工作台，还有一些废弃的电源插座挂在漆黑的头顶，就像是没有腿的蜘蛛；最后，他们进到房子最隐秘的核心，那是一个在破旧的煤炉背后的房间，他们发现这个地方后，做了一些修缮维护，艾蒂安花了一个星期设计机关陷阱。他们就是在这里碰头、制订计划；就是在这里，他们将钠藏在一个五加仑的罐子里，上面用煤油封着；标着袭击目标的地图放在一张翻盖写字桌里，他们当初找到这桌子时，里面是空的；这里还存着一份公敌名单，除了格罗佛之外，谁也不能接触这份文件。

下午的天色渐渐暗了下来，雨总是一阵阵地来了又走，有时雨点密集，变成瓢泼大雨，有时雨势又变小，只有细细雨丝。“孩子帮”就这样待在房子深处，在这干燥寒冷的房间里密谋着行动。他们的计划已经进行三年了，这让蒂姆有时候想到生病发烧时做的梦，在梦里你被要求去做某事——在一座完全陌生的城市，在茫茫人海和线索中寻找某个重要人物；在由算数题组成的无垠之网里挣扎前行，可是迈出的每一步都会引发一堆新问题。一切似乎都未改变；每个“目标”都会引发对新目标的思考，于是旧目标很快被忘却，它们被默认交回到成年人手中，或又托付给一个属于公众的无人之地，然后你就重回起点。如果艾蒂安（这是一个重要例子）果真在去年通过破坏水源从而成功地让造纸厂停产一周，那又会怎么样？其他东西还是一切照旧，仿佛这个计划本身存在某种本质的缺陷，注定无法成功。霍根·斯洛索普原本要在同一天晚上去家长教师协会的会议上放烟幕弹，用烟把他们熏出来，然后将他们的会议纪要和财务文件拿走，但他突然接到电话，要陪另一个匿名戒酒协会的成员。这个人刚到镇上，因为他惹了麻烦而且很害怕，所以才联系了本地分会。

“他害怕什么？”蒂姆曾经对此很好奇。

这是一年前的事了，那时是初秋，学校刚开学。霍根一吃完晚饭就来到蒂姆家，天还亮着，但太阳已经落山了，他们跑到蒂姆的后院玩投篮。或者说，是蒂姆在玩：霍根脑海中正苦恼于忠义难以两全。

“担心他又开始饮酒，”对于蒂姆的问题，霍根答道，“我一直带着这个——”他举起一盒牛奶，“假如他想喝酒，可以喝这个代替。”

“靠。”蒂姆并不是很喜欢牛奶。

“听着，”霍根说，“你永远都摆脱不了对牛奶的需要。让我告诉你一些关于牛奶的知识，让你知道它有多么重要。”

“讲讲啤酒吧。”蒂姆说。他最近对于醉酒很感兴趣。

霍根生气了。“别开玩笑，”他说，“我能戒掉是运气，我爸就是这么说的。看看这个我要去陪的家伙。他已经三十七岁了。瞧，我比他领先了多少。”

“你今天晚上应该去投烟幕弹。”蒂姆说。

“少来，蒂姆，你可以替我做这事，不是吗？”

“我和格罗要去扔钠弹，”蒂姆说，“记得吗？这两件事得同时做。”

“好吧，那就告诉格罗佛，我做不了，”霍根说，“抱歉，蒂姆，我真的不行。”话音未落——你猜不到？——格罗佛出现了。蒂姆用尽外交辞令向他解释——和通常一样，他并不买账，因为格罗佛已大发雷霆，甩出各种脏话骂他们，然后怒气冲冲地消失在夜色里。这沉沉的夜，是从山上缓缓游移过来的，他们都没注意到。

“看样子不会扔什么钠弹了，”过了会儿，霍根试探着说，“对吗，蒂姆？”

“是的。”蒂姆说。事情总是会这样。每次都会节外生枝；毫无进展。艾蒂安那天扮蛙人玩，不为别的，就是图个乐。造纸厂很快就会复工，人们会回去上班，格罗佛所需要和指望（这其中的阴暗原因他并未吐露过）出现的那种不安与骚动会荡然无存，一切都会变回原来的样子。

“别这样，蒂姆，”霍根用他像瑜伽熊的声音建议道，在需要给别人打气时，他就用这种腔调说话，“要不你和我一起骑车去市里的酒店，帮我陪这个家伙坐会儿吧？”

“他就在那里？”蒂姆说。霍根说是，此人只是恰好路过，出于某种原因，其他人不愿意去陪。匿名戒酒会总部办公室的秘书南希最后打电话求助于霍根。当他同意时，她说：“他说要去。”这话是冲着她办公室的某人讲的，霍根听到有几个人在笑。

蒂姆取来自行车，冲着屋里大吼一声，说自己去去就回，然后他们踩着单车，在渐浓的夜色中下山，溜进了城。这时正是秋高气爽，处在季节的分割线上，有些树等不及已先变了颜色，一日日过去，昆虫也叫得愈发大声。有些清晨，当风从西北方吹来，你在上学的路上望着远方的高山，可以看见几只孤独的鹰，顺着山脉起伏的脊线，开始往南方飘飞。尽管那一天毫无成果，但蒂姆还是享受这种朝着金色光束滑行下坡的感觉，这样就将两页算术作业题抛在了身后，还有他应该读的一章科学课本，更别提那部糟烂的电影，这种地方唯一能收看的频道，放的就是这种四十年代的浪漫喜剧。当蒂姆和霍根驶过那些在黄昏开着门窗纳凉的屋子时，他们瞥见浅蓝色的荧光屏幕，频道都调到同一部电影，他们于是听到了部分台词：“……大兵，你是不是彻底……”；“……我的意思是，在家乡有个女孩……”；“……（溅泼声，嬉闹叫喊）哦，对不起，先生，我还以为你是一个日本内奸……”；“我怎么可能是日本佬的内奸呢，我们隔着五千……”；“我会等着的，比尔，我会一直等你，只要……”他们继续骑，路过了消防站，那里有几个大孩子坐在一辆老式法国消防车上，讲着笑话，抽着烟。到了糖果店时，蒂姆和霍根今晚都不想逗留，那儿突然装了泊车表和几个斜式停车区，这意味着你得把车锁上，还要担心路上的汽车。当他们到达酒店时，天已经完全黑了，这夜色就像是一个壶盖罩在明格巴罗之上，商店也开始打烊了。

他们把自行车停好，走进酒店大堂。刚上夜班的接待员怀疑地看了看他们。“匿名戒酒会？”他说，“你没开玩笑吧。”

“我发誓是真的，”霍根说，给他看那盒牛奶，“给他打个电话。麦克菲先生。217 房间。”接待员这一夜都会无事可做，于是就给房间打了电话，与麦克菲先生说了一下。他挂电话时表情显得很奇怪。

“呃，听上去楼上那个人是黑鬼。”他告诉他们。

“我们可以上去吗？”霍根说。

接待员耸耸肩。“他说在等你们。假如你们遇到——你知道的——什么麻烦，就把他的电话从架子上打掉。你瞧，这里就会一直响。”

“当然。”霍根说。他们走进空荡荡的大堂，左右是两排扶手椅，上了电梯。麦克菲先生在二楼。蒂姆和霍根上楼时相互看着对方，却没有说什么话。在门口，他们敲了一会儿才等到他开门。他比他们高不了多少。他是一个留着小胡子的黑人，穿着一件灰色的羊毛衫，抽着烟。

“我以为他是开玩笑，”麦克菲说，“你们两个真的是匿名戒酒会的？”

“他是的。”蒂姆说。

这时麦克菲的神色有了变化。“哦，”他说，“好吧，这倒是挺有趣的。他们这边和密西西比的那帮人一样有趣。好吧，你俩的任务现在完成了吧？你们可以走了。”

“我以为你需要帮助。”霍根说，表情有些困惑。

麦克菲站到一边。“你说得对。是的。你们真的想进来吗？”他看上去无所谓的样子。他们走进房间，霍根把牛奶放在角落的小书桌上。这是他们有生以来第一次进酒店房间，也是第一次和黑人说话。

麦克菲是一位低音乐器演奏家，但是没带乐器来。他曾经参加过雷诺克斯的某个音乐节。他也不知道怎么就来了这里。

“这种事偶尔会发生，”他说，“我有些时候会失忆。这一分钟我还在雷诺克斯。等我回过神来，我就出现在——你们这里叫什么？——明格巴罗。你们遇到过这种情形吗？”

“没有，”霍根说，“我遇到最糟糕的就是恶心想吐。”

“你现在戒掉了。酒精。”

“永远，”霍根说，“现在只喝牛奶。”

“哦，那你就成了一个奶人了，伙计。”麦克菲说，露出惨淡的笑容。

“我该做什么呢，”霍根说，“究竟做什么？”

“哦，聊天，”麦克菲说，“或者我来说。直到我该睡觉了。要么等到有人——吉尔——过来接我，你懂吗？”

“是你老婆吗？”蒂姆说。

“是和杰克一起上山的人，”麦克菲先生说，然后轻声笑了，“没有，没开玩笑，这是真的。”

“你想谈这个吗？”霍根说。

“不，算了吧。”

于是，反倒是蒂姆和霍根告诉了麦克菲先生一些学校和镇上的事，以及他们父母的职业；但没过多久，出于对他的信任，他们就讲了一些更隐秘的事——艾蒂安去造纸厂搞破坏、密室，还有储备的钠。

“是的，”麦克菲大声说道，“那个钠。我记得的。我曾经也往厕所扔过一次——先按手柄冲厕所，你知道的，然后把钠扔进去。当它碰到下面的水时，嘣的一声！那是在得克萨斯的博蒙特，我以前住在那儿。校长走进房间，脸拉得老长，拿着一截断掉的马桶碎片，就像这样，然后他说：‘哪位先生——对这起暴行——负责？’”

霍根和蒂姆咯咯笑了起来，告诉他那次艾蒂安坐在一棵树上，用弹弓把豆大的钠球射到一个正在开鸡尾酒派对的人家的游泳池里，刚一爆炸，人们就四下逃散。

“可都是有钱的主啊，”麦克菲说，“房子，所有东西都很贵。”

“又不是我们，”蒂姆说，“我们只是夜里溜进去，在那些池子里游泳。山上拉夫雷斯家的房子是最漂亮的。你想去吗？天还算暖和。”

“是啊，”霍根说，“我们现在就可以去。走吧。”

“不过，你们懂的。”麦克菲说，看上去有些尴尬。

“为什么不去？”霍根说。

“哎，你们不会幼稚到不知道原因吧。”麦克菲先生说，然后开始变得有些气愤。他看着他们的脸，然后摇摇头，更生气地说：“我要被抓住，那就完了，宝贝。我的意思是，彻底玩完。”

“没人被抓住过。”霍根说，试图让他放宽心。

麦克菲先生躺在床上，看着天花板。“假如他们的肤色没问题，那就不会被抓。”他声音很轻，但是孩子们还是听见了。

“可是你的肤色比我们更合适，”蒂姆说，“更适合晚上逃跑。你个子更大，跑得更快。如果我们都能做到，你也行的，麦克菲先生，我说真的。”

麦克菲先生远远看着他们。他用快抽完的烟头点燃了另一支香烟，眼睛一直没有从两个孩子身上挪开，很难看出他在想些什么。“以后再说吧，”他把前一支烟掐灭，然后说道，“让我告诉你们，为什么我紧张这个事吧。其实是那个池里的水，懂吗？如果你喝了点酒，水就会对你有些奇怪的影响。你干过这事吗，霍根？”霍根摇了摇头说没有。“好吧，我干过一次，当时我还在部队。”

“你参加过第二次世界大战吗？”蒂姆问，“打过日本人什么的？”

“没，我没赶上，”麦克菲先生说，“我还太小了。”

“我们也没赶上。”霍根告诉他。

“没有，我是打朝鲜那会儿入的伍。不过，我一直在国内。我曾经在一个乐队——军乐队，知道吗——在加利福尼亚的奥德堡。那边到处都是那种小酒吧，在蒙特雷周围的小山上；所有人都能进去，如果你想的话，然后开始演奏。有很多俱乐部的哥们，曾在洛杉矶周围演出——你知道的——他们被征了兵，去了奥德。那些哥们在乐队里混过录音棚，大部分吧，所以搭档的这些都很厉害，多半是的吧。有天晚上，我们在这种路边旅馆里，四个人演奏，听上去还挺不错的。我们都有点醉醺醺，喝了酒，那里有很多酒——你知道——从那边山谷里搞来的，那地方随你怎么叫都行。我们喝着酒，弹着——啊，有点像布鲁斯的东西——然后有个女士进来了。白人女士。那种坐在游泳池边，在鸡尾酒派对上喝鸡尾酒的类型——懂吧？——是的。你们懂了。她挺壮实，倒不是肥，就是壮，她说想让我们去她办的派对上演出。好像是周二或周三。我们都有点好奇，想她为什么要在这么奇怪的时间办派对，然后呢，她说其实从周末就开始的——连续的，懂吗——我们后来到了那儿才知道她没蒙我们，哥们。那个派对啊——闹声震天，一英里外都能听见。吹上低音萨克斯的是个意大利小孩，叫谢尔顿，他还没进门，就有两三个小妞围上去了，告诉他——唉，还是别扯这个了——我们摆好台子，开始演奏，酒就不停送过来，就像传水桶灭火一样，大家不停给你递酒。你知道那是啥？香槟。纯香槟。整个晚上我们都喝这玩意，太阳快出来时，所有人都喝趴了，我们也不演了。我躺在鼓旁边睡着了。等我醒来时，听见这个女孩的声音，她在笑。我站起身，阳光刺眼，才早上九十点钟。我本该感觉很难受，老弟，可我感觉好极了。我在这种小台阶上走了走，天很冷，外面起了雾，不是满世界的雾，只是看不见树顶而已，我猜那是松树，树枝是那样——你知道的——非常笔直。这边是雾，山下就是海。太平洋，在北边海岸，你甚至听得见奥德的大炮演习声，就在这云里雾里，嘣，嘣，嘣。就是这么小的动静。我沿着游泳池往外走，心里还犯嘀咕，这妞怎么在笑呢，突然就看见谢尔顿老兄从角落冲过来，这个姑娘追在后面，他一下子撞到我身上，那女孩也来不及停，然后我们仨就穿着衣服掉进了池子里。我呛进去一点水，你猜怎么了？我又喝高了，就像那个晚上喝香槟喝高了的感觉。厉害吧？”

“听上去不错，”霍根说，“除了喝酒的那部分，我觉得。”

“是啊，很爽，”麦克菲说，“我唯一永远记得的一个早晨。”他沉默了一会儿。然后电话响了，是找蒂姆的。

“嗨，”格罗佛在电话另一头说，“我们能过来吗？艾蒂安今晚需要一个地方藏身。”他好像对那天早上袭击造纸厂的事有些担心。他突然觉得自己犯了大事，警察如果逮住他，就会发现他犯的其他事，然后对他痛下杀手。他们可能会最先去格罗佛家调查。如果想在这次收网行动中脱身，他就得去酒店这样的地方。蒂姆问麦克菲先生，他说应该可以吧，但是却有些不情不愿。

“别担心，”霍根说，“艾蒂安就是有些害怕。像你一样。”

“你们从来都不害怕吗？”麦克菲先生说。他的声音变得很奇怪。

“不会为酒精害怕，”霍根说，“我猜我当时并没那么严重。”

“哦，你刚戒了酒。我懂了。”他静静躺在床上，脸在枕头的衬托下显得很黑。蒂姆发现麦克菲先生出了很多汗。汗从他脖子两边流下来，渗进了枕套里。他像是病了。

“我能给你拿些什么吗？”蒂姆有些担心地问。当这个男人没有回答时，他又重复了一遍。

“就要一点酒，”麦克菲先生指着霍根，假装小声地说，“看看你能不能说动你哥们，让我喝点东西放松一下。没开玩笑。我真的需要。”

“你不能喝，”霍根说，“这是最重要的。我来这就是为了这个。”

“你以为你就是为了这个才来吗？你错了。”他缓缓站起身，仿佛胃部或什么地方疼了。他拿起电话。“你能送瓶酒上来吗，五分之一加仑一瓶的，占边威士忌，”他说，“然后——”仔细数了一下房间里的人，“三个杯子？哦。好的，只要一个杯子。哦，这里已经有一个杯子了。”他挂上电话。“什么都逃不过猫的眼睛，”他说，“他们在麻省的明格巴罗真是警惕性高啊。”

“听着，你让我们来到底是为什么？”霍根说。他说话的语气透露着倔强，一顿一顿的，这意味着他随时都可能大哭出来。“你为什么要联络匿名戒酒会呢，如果你只打算把自己灌醉？”

“我需要帮助，”麦克菲先生解释道，“我以为他们会帮我。他们真的帮了，不是吗？看看他们给我送来了什么。”

“嘿。”蒂姆说。霍根开始哭了。

“好吧，”麦克菲先生说，“出去，你们两个。回家去。”

霍根停止了哭泣，变得固执起来。“我就要留下。”

“真见鬼。快走。你们就是给镇上人说笑话的，现在你们应该分辨得出什么是笑话。回匿名戒酒会去吧，告诉他们，你们果真被他们给耍了，伙计。让他们瞧瞧，你们可以——你知道——输得起。”然后他们就站在那个狭小的房间里，相互看着对方。房间的墙上挂着一幅四色的版画，画的是一瓶菊花，门旁边是镶框的住宿须知，屋里还有一套落满灰尘的空水壶和玻璃杯，一把沙发椅，一张铺着米黄色床单、带着消毒水味道的半双人床。此时，似乎他们哪儿也不会去，只是站在这里，就像在蜡像馆那样。不过，格罗佛和艾蒂安这时候到了，其他孩子开门让他们进来。麦克菲先生攥紧拳头，又去打电话。“帮我把这些孩子弄出去，”他说，“可以吗？拜托了。”

艾蒂安似乎被吓得还没缓过神，比平时胖了一大圈。“我觉得警察看见我们了，”他不停地说，“格罗佛，是吗？”他把潜水装备都带在了身上，他觉得如果警察在他家找到这玩意，它可能会成为倒霉的证据。

“他很紧张，”格罗佛说，“这里出了什么问题——你们有麻烦吗？”

“我们在劝他别喝酒，”霍根说，“他给匿名戒酒会打电话求助，现在他又说让我们滚。”

“我猜你是意识到，”格罗佛对这个男人说，“饮酒和心脏病、慢性上呼吸道感染、肝硬化存在正相关性。”

“他来了。”麦克菲说。贝托·库菲索出现在半掩的门口，他是酒店行李工，也是镇上的酒鬼，已经退休了，靠社保生活，不过他曾是墨西哥人，在那边因为走私或偷车而受到通缉——他和不同的人讲这事时，描述各有不同。无人知晓他最初是怎么来到波克夏的。人们总是把他误认为是唯一可能的那种异乡客——法语区的加拿大人或意大利人——你能感觉到他对这种简单的暧昧身份很受用，这也是为什么他一直待在明格巴罗的原因。

“一瓶酒，”贝托说，“六块五。”

“什么？六块五，是进口的吗？”麦克菲说。他掏出钱夹，往里面迅速瞥了一眼。蒂姆看见只有一张票子，一块钱。

“和前台的人去说，”贝托说，“我就是送东西的。”

“这样吧，挂在我的房费账单上，行吗？”麦克菲说着，伸手去拿酒瓶。

贝托把酒瓶藏在身后。“他说您现在就得付钱。”他脸上皱纹太多，以至于无法很好地识别他的表情，但蒂姆觉得他在笑；一种龌龊的笑。麦克菲拿出那一美元递给贝托。

“别这样。就记在账上。”蒂姆看见他汗如雨下，虽然房间里其他人都不觉得热。

贝托收下钱，说：“现在差五块五。我很抱歉。你和楼下前台的人说吧，先生。”

“嘿，伙计们，”麦克菲说，“你们这些小家伙有没有钱？我的意思是，需要五块五——你们可以借给我吗？”

“买威士忌不行，”霍根说，“就算我有也不借。”其他人掏出自己的零钱，握在手里一数，结果大概一共只有一块一毛五。

“还剩四块二毛五。”贝托说。

"呵，你就是一个加法器啊。"麦克菲吼道，"少来，老兄，少来。把酒拿过来。"

"你不信我，"贝托说，朝着电话做了下示意，"他们会告诉你的。问问他们。"

有一刹那，麦克菲似乎就要给楼下打电话了。但最后他说："好吧，我和你对半分，行吗？每人半瓶。你一定也很渴了，要做那么多活。"

"我不喝这种玩意，"贝托说，"我喝葡萄酒。晚安，先生。"他开始关门。麦克菲先生扑到他身上，一把抢过酒瓶。贝托吓了一跳，酒瓶就脱了手。它掉到地毯上，滚了一两英尺远。麦克菲先生和贝托拽住对方的胳膊，笨拙地揪打成一团。霍根拿起酒瓶跑出门。麦克菲先生看见了，说了句"哎哟，我的上帝"，然后就试着摆脱这个酒店员工。当他到了门边时，霍根已经跑没影了，麦克菲一定也没辙了。他站在那里，头倚着门框。贝托拿出梳子，把仅有的头发梳了一下。然后，他整了整皮带，瞪了麦克菲先生几眼，从他身边绕到走廊，退回到电梯里，眼睛一直盯着这个黑人，仿佛是警告他不要再胡来。

格罗佛、蒂姆和艾蒂安站在那里，不知如何是好。麦克菲先生的喉咙开始发出响声，这声音他们从来没有在人身上听见过，除了一只叫诺曼的黄褐色小流浪狗，它以前经常在皮埃尔不睡觉时跟着一起混，有次它被鸡骨头噎着了，卡在它身体里的某处，诺曼在夜里躺在地上，发出类似的声音，直到格罗佛的爸爸将狗装进车里，然后把它送走了。麦克菲先生将头靠着门，发出同样的声音。"嗨。"格罗佛最后说。他走过去，握着这个男人的手，它仅仅比格罗佛的手大一点，但却是黑色的。他拉了麦克菲先生一下，蒂姆说，是啊，别这样。他们慢慢把他从门边拽回来，艾蒂安将米黄色床单掀起来，他们扶着他躺下，又给他盖上。突然，外面响起了警笛声。“条子！”艾蒂安喊道，然后冲向洗手间。警车是从酒店路过的，蒂姆往外望，发现是消防车，往北边驶去了。等到房间里重新安静下来时，他们听见浴缸有水流声，还有麦克菲先生的哭声。他头朝下躺着，两手握着枕头，压住脑袋的两侧，用小孩子的方式哭泣，低沉沙哑地吸着气，然后号哭一声吐出来，一遍一遍，仿佛不打算停下来。

蒂姆关上门，坐在桌边的椅子上。格罗佛坐在床边的沙发椅上，他们晚上的守夜就这样开始了。起初还有哭泣声：他们能做的，就是坐在那里听。电话响了一次。酒店的人想知道他们有没有遇到麻烦。格罗佛说：“没有，他很好。他会好的。”蒂姆去了一次洗手间，发现艾蒂安蜷缩在放满水的浴缸水底，穿着蛙人的衣服，像一个有手有脚的黑色西瓜。蒂姆拍了拍他的肩膀，然后艾蒂安就开始乱扑腾，打算潜更深一点。“不是警察，”蒂姆用最大声喊道，“是蒂姆。”

艾蒂安浮出水面，摘下潜水面罩。“我躲着呢，”他解释说，“我本打算在上面弄些肥皂泡，但这里只有这么一小截肥皂，我想它快用光了。”

“进来帮帮我们。”蒂姆说。于是，艾蒂安回到屋里，把水滴得到处都是。他坐在地板上。然后，他们三个人就这么坐着，听这个男人哭泣。他哭了很久很久，然后就睡着了。有时，他会醒来，说上很久，然后又睡着了。这些孩子中不时也会有人睡过去。对蒂姆来说，这有点像在格罗佛家过夜，听那些警察、船长和驳船用无线电交流，所有那些声音从隐形的穹顶反射到格罗佛的天线里，然后进入到蒂姆的梦境中。仿佛麦克菲先生也是在从某个遥远的地方做广播，告诉蒂姆一些他白天并不确信的事：大萧条时，一个兄弟早晨离开家，上了一艘货船，然后就失踪了，后来从洛杉矶寄回来一张明信片，那时麦克菲先生还是个孩子，决定以同样的方式追随他，不过他第一次只到了休斯敦；他和一个墨西哥女孩好过一段时间，她曾经总喝一种东西，那个词蒂姆听不太懂，她生下一个男婴，孩子后来被响尾蛇咬死了（蒂姆看见那条蛇朝着他过来，他惊恐地从梦里醒来，大喊大叫），于是有天早上，她也消失了，就像他哥哥消失在那个荒凉的早晨一样，那时甚至太阳都没升起来；有很多个夜晚，他独自坐在码头上，看着远方黑黝黝的海湾，光在那里消失，突然没有了，只留给你一个巨大的虚空；他终日在邻里街道上参加帮派斗殴，或者在夏天沙滩的烈日下打架；他在纽约和洛杉矶做现场演奏，和次中音萨克斯乐队的搭档演出糟糕透了，最好还是别提这茬了；他被警察逮捕过，对监狱很熟悉，有些狱友的名字叫“大刀”“来自月亮的帕科”，还有一个叫“弗朗西斯·X.冯特罗伊”的家伙（此人拿走了他最后剩下的皱巴巴的半包“长红”烟，那是个邪恶的早晨，他睡觉前和一个放电影的哥们在堪萨斯城郊外一个汽车电影院的屏幕下吸了大麻、喝了酒，那个巨大的屏幕满是褶皱，在他们头顶上，一部约翰·韦恩的电影在轰轰作响）。

“《血巷》，”蒂姆轻轻地说，“是的，我看了。我也看过。”

麦克菲先生又睡了一会，醒来后，又大声念叨起另一个他曾在巴士上碰见的姑娘，她是吹中低音萨克斯的，刚和一个白人音乐家分手——那是从芝加哥出发，往西的一趟车。他们两人坐在发动机上面的后座上，用拟声唱法相互来回唱着不同的东西，后来那个晚上，她睡在他肩头，她的头发油亮芬芳，车到了夏延时，她下了车，说她自己可能会南下去丹佛，所以他最后看了一眼她瘦小的身影，就再也没见过她，他看着她在与巴士车站一街之隔的旧砖墙砌成的铁路车站里晃来晃去，周围全是那些从前牛仔电影里常见的行李车，她背着萨克斯琴盒，在巴士启动时，冲着他挥了挥手。他又想起当时是如何以同样的方式离开了吉尔，不过那是在路易斯安那的查尔斯湖，那时波尔克营[117]还在鼎盛时期，街上到处是喝醉酒的士兵在唱：

> 我的眼里已经看见征兵令来临的悲苦，
>
> 收到信的那天，我就遭了殃。
>
> 他们说：“我的孩子，我们需要你，因为军队缺员。”
>
> 于是我就来到了 F. T. A.。

“来到了哪儿？”格罗佛说。

“美国未来教师协会，”麦克菲说，“非常干净的机构。”吉尔要去北方，去圣路易斯或别的地方，而他要回家，回博蒙特，因为他妈生病了。

他和吉尔曾经住在阿尔及尔，与新奥尔良一河之隔，那段日子持续了两个月，不像他们在纽约的时间那么长，但也不像在洛杉矶那么短、那么糟。这次他们只是念起旧情，彼此承认需要找个地方告别，在一片沼泽中间，在漆黑的午夜，一醉方休。“嘿，吉尔，”他说，“嘿，宝贝。”

“你想要什么？”格罗佛说。

“他的妻子。”蒂姆说。

“吉尔？”床上的男人说。他闭上眼睛，看上去似乎想努力睁开眼睛，“吉尔在这儿吗？”

“你说她要来找你。”蒂姆说。

“不，不，她不会来的，老弟，谁告诉你这个的？”他的眼睛突然睁开，露出惊恐的眼白，“你得给她打个电话。好吗？霍根？帮我给她打电话？”

“我叫蒂姆，”蒂姆说，“她号码是多少？”

“在我钱夹里。”他拿出一个棕色牛皮的旧钱夹，里面鼓囊囊地装满了纸和别的东西。“在这儿。”他检查着钱包，手指在里面翻来翻去，掏出旧的名片，都是全国各地的职业介绍所、车商和饭店；还有两年前的日历，一面印着得克萨斯大学足球赛的日期；二十五美分四张的一套快照，上面他穿着军装，微笑地搂着一个穿白外套的姑娘，她看着地上，也露出淡淡的笑；一根备用的鞋带，一绺放在信封里的头发，信角还印着某个医院的名字；一本过期的军队旧驾照；一两根松针，一个萨克斯簧片，各种颜色形状各异的纸片。有一张蓝色纸上写着“吉尔”，还有一个纽约的地址和电话号码。

“给你。”他把纸片递给蒂姆，“让对方付费，你知道怎么弄吧？”蒂姆点点头。“你得打外线询问。与吉尔女士一对一通话——”他打了个响指，想到了那个名字，“啊，是吉尔·帕提森。是的。”

“现在很晚了，”蒂姆说。“她还没睡吗？”麦克菲先生什么也没说。蒂姆拨了电话，接听的是长途电话接线员，他放下电话。“你不想让我告诉他们我的名字吗。”

“不，不，告诉他们，你叫卡尔·麦克菲。”然后电话半天都没了动静。等到电话接通时，能听见嘟嘟声。它响了很久，这时一个男人接了电话。

“没在，”他说，“没在，她一周前去沿海了。”

“您还有别的号码可以找到她吗？”接线员问。

“有一个地址。”他走开了。电话里出现了沉默，正是在此时，蒂姆的双脚感觉是站在了一个慢慢靠近的深渊边缘——天知道他这样多久了——之前却毫无觉察。他从上往下一瞅，害怕起来，不敢再看，但此时的他，已得知了关于夜晚的某个痛苦真相——这里已是深夜，在纽约，很可能也在这个男人提到的某个海滨，整个大地都陷入了黑夜，这让本已渺小的人在黑暗中变得隐形；要想突然找一个人，这该多么艰难，多么绝望啊，除非你一辈子都住在家里，像他那样，有妈妈和爸爸。他转身看着床上的男人，这才发觉麦克菲先生其实有多么迷惘。如果他们找不到这个女人，他会怎么办？这时，那个男人回来了，说了个地址，蒂姆抄了下来。接线员想知道她是否该试试洛杉矶的信息。

“是的。”麦克菲说。

“但如果她在洛杉矶，就不能来找你啊。”

“但是我想和她说话。”

于是，蒂姆听着电话里更多的滴答声和拨号的声响，就像听见手指在整个国家的黑暗中四处摸索，试着从住在这里的亿万人中触碰到要找的那个。最后，一个女孩接了电话，说她就是吉尔·帕提森。接线员告诉她，有个叫卡尔·麦克菲的人打了对方付费电话找她。

“谁？”她说。

门口传来敲门声，格罗佛去开了门。接线员重复了一遍麦克菲先生的名字，这个姑娘又说了一遍“谁？”。门口站着两个警察。艾蒂安一直坐在床后面，他发出一声尖叫，然后猛地跑进来厕所，跳回到浴缸里，溅起一大摊水。

“里昂，楼下的前台，说我们应该过来看看，”一个警察说，“是这个男人把你们这帮孩子带到这儿的吗？”

“那个店员知道没这回事。”格罗佛说。

“我应该——”蒂姆晃了晃电话说。

“挂了，”麦克菲先生说，“别弄了。”他握紧拳头，躺在那里看警察。

“伙计，”另一个警察说，“行李工说你之前没有给他一瓶威士忌的酒钱。”

“是的。”麦克菲先生说。

“这里住宿是七美元一晚上。你要怎么付这个钱？”

“我不付，”麦克菲先生说，“我是流浪汉。”

“少来这套。”第一个警察说。

“嘿，”蒂姆说，“你们不能这样。他病了。给匿名戒酒会打电话，他们知道他的。”

“冷静点，孩子，”另一个警察说，“他今天晚上会有一间不错的免费房间住。”

“给斯洛索普医生打电话。”蒂姆说。警察把麦克菲从床上带下来，往门口走去。

“我的东西怎么办？”他说。

“有人会照看的。来吧。你们这些孩子也一起。你们该回家了。”

蒂姆和格罗佛跟着他们到了走廊，进了电梯，穿过大堂，从那个店员身旁走过，来到空荡荡的大街。警察把麦克菲先生塞进了警车。蒂姆好奇的是，这两人的声音是否也进入过格罗佛家的无线电里，是否也曾在他梦里出现。“小心点，”他冲着他们喊，“他真病了。你们要照顾好他。”

“好，我们会照顾好他的，”没开车的那个警察说，“他自己也知道的，对吧？看看他。”蒂姆看了一眼。他能看见的只有他的眼白，还有因为流汗而显得很突出的颧骨。然后，车开走了，路边留下了轮胎橡胶的气味，还有拖得很长的尖声。这是他们最后一次看见他。他们第二天去了市里警察局，但是警察说他被带到皮茨菲尔德了，根本没办法知道他们是不是说了实话。

几天以后，造纸厂重新开工了，大家于是又开始忙乎那一年的斯巴达克斯行动。南兹·帕萨雷拉想出了一个点子，就是从艾蒂安父亲放垃圾的院子里搞点车用蓄电池，再弄一些多余的旧聚光灯和一些绿色玻璃纸，然后把灯装到靠近明格巴罗的铁路隧道口，因为要过弯道，火车在那个地方会慢下来，找至少五十个孩子，戴上橡胶做的各种魔鬼面具、披风和自制的棒球服等，坐在那个隧道口的坡上等火车来，当火车出现在弯道时，晃着那些阴森森的绿探照灯，看会有什么效果。后来到场的孩子只有预期的一半，但行动还是成功了。火车急停时发出巨大摩擦声，女士们尖叫起来，列车员大吼，艾蒂安关上灯，孩子们爬上隧道口两边的山坡，逃到了田野里。格罗佛戴的是一个自己设计的僵尸面具，后来他说了一句怪怪的话:“我变成绿色后感觉不同了，也更好了，哪怕是这种鬼绿色，哪怕只有一分钟。”虽然他们再也没有谈论此事，但是蒂姆也有同样感受。

春天时，他和艾蒂安生平头一次扒上了货车，去皮茨菲尔德见一个叫阿蒂·克格罗门的商人。此人身材粗壮，面无表情，以前是波士顿人，看上去就像那里的行政委员，抽的烟斗前部雕成了温斯顿·丘吉尔的头像，里面装的是雪茄。阿蒂是卖恶作剧道具的。“春季到的这批货里，有个挺不错的漏水杯[118],”他告诉他们，“还有很多可以选的，譬如放屁坐垫，爆炸雪茄——”“不用,”艾蒂安说。“你有什么乔装用的东西吗? ”阿蒂给他们看自己手头有的货——假发、假鼻子、贴着凸眼珠子的眼镜——但他们最后还是决定，要两个可以夹在鼻子上的胡子，还有两小盒把脸涂黑的化妆品。“你们这些家伙肯定是反动分子，”克格罗门先生对他们说，“这玩意已经存了很多年卖不动了。它可能都变白了。你们打算让黑人杂耍剧[119]起死回生么？”“我们想让一个朋友起死回生。”艾蒂安不假思索地答道。他和蒂姆惊讶地看了对方一眼，仿佛房间里有第四个人说出了这番话。

然后，这年夏天，巴灵顿一家搬到了诺森伯兰小区。和往常一样，孩子们提前就知道了此事。他们的父母似乎突然对巴灵顿一家的到来议论得格外多。他们开始用一些词，譬如“房地产欺诈”和“种族融合”。

“融合是什么意思？”蒂姆问格罗佛。

“是数学微分的反义词[120]，”格罗佛说，他在绿黑板上画了一个X轴，Y轴和曲线，“这个是X函数。求曲线上X微小增长的数值——”他又画了一条垂直的直线，从曲线降到X轴，就像是监狱牢房的栏杆，“这些东西你想要多少有多少，懂吗，你想要它们多么靠近都可以。”

“直到它变得密不透风。”蒂姆说。

“不，它永远不会。假如这是一个监牢，而那些生活是栏杆，那么无论是谁在后面，都可以变成自己想要的尺寸，他总是能变瘦然后逃出来。无论这些栏杆挨得多近。”

“这就是融合。”蒂姆说。

“我就听说过这一种。”格罗佛说。那天夜里，他们监听了格罗佛父母的卧室，想看看他们对这个即将迁过来的黑人家庭有何新发现。

“他们这边的人很担心，”斯洛德先生说。“他们不知道是该开始卖房子呢，还是试着先贴出告示来。担心的就是造成恐慌。”

“是啊，”格罗佛的妈妈说，“感谢上帝，他们没有子女，否则家长教师协会也会恐慌的。”

他们很好奇，于是派霍根参加下次的家长教师协会的会议，想探探风声。霍根回来汇报的内容相同：“他们说这次不涉及孩子的问题，但是他们应该提前做出预案，以防万一。”

他们很难明白父母们究竟怕的是什么。后来的情形是，他们不只是害怕，而且得到了错误的情报。巴灵顿一家真搬过来时，蒂姆、格罗佛和艾蒂安在放学后去他们家附近溜达。他们发现这房子和小区其他房子毫无区别；但是，当他们靠在铁制路灯下观察这一家时，看见了一个孩子。他身材瘦长，黑皮肤，穿着毛衣，虽然外面还很热。他们就过去自我介绍了一番，还说要去过街天桥上用水球打汽车，问他是否有兴趣加入？

“你叫什么名字？”艾蒂安说。

“呃，”这个孩子打了一下响指，这才想起来，“叫卡尔。是的，卡尔·巴灵顿。”大家发现他其实是个神投手，能刚好把水球拍到别人的雨刷器上。后来，他们去垃圾场搞了一些球轴承和报废的自动变速箱来玩，然后陪卡尔走回家。第二天他去了学校，从此以后每天都去。他安静地坐在教室的空角落，老师从不点他名，虽然他在某些方面和格罗佛一样聪明。大概一周之后，格罗佛在看《亨特利与布林克里》时，了解到“积分”这个词还有别的意思，那是他唯一看的电视节目。

“它的意思是白人孩子和黑人孩子去同一个学校。”格罗佛说。

“于是他们融合在一起，”蒂姆说，“对吗？”

“是的，他们并不知道，但是我们融合了。”

后来，蒂姆和格罗佛家的人，甚至据霍根说，包括思想进步的斯洛索普医生，都开始打起了辱骂电话，用的都是那些他们绝不让孩子用的脏话。唯一没有参与此事的，似乎只有艾蒂安的爸爸。“他说，大家为什么不担心自动化，少操些心在黑人身上呢，”艾蒂安报告说，“什么叫自动化，格罗佛？”

“我下周就开始学习这个，”格罗佛说，“我到时候再告诉你。”但是他没有，因为那时他们都为这一年的斯巴达克斯演习而忙碌。他们开始花更多的时间，去于尔约国王住所的密室进行谋划。那时已经是第三年，他们已经明白，现实会和计划相去甚远，也明白存在某些难以改变而又无法看见的东西，某些他们无法残忍对待或背叛的东西（不过谁会离谱到称之为爱呢？），总会阻隔他们去迈出那确凿或决然的一步，就像去年在法佐的庄稼地上，那个用石灰线虚构出的学校轮廓阻止了这帮小孩一样。因为校董会、铁路、家长教师协会和造纸厂的每一个人都会是谁的母亲或父亲，无论是真实意义上的，或是概念上的；而且，总有一个时刻，孩子们会情不自禁需要他们温暖的包裹和保护，他们能有效地帮孩子抵御噩梦、治疗头上的瘀伤，或仅仅只是对付孤独，这些需求总会占据上风，让孩子们无法真正与他们反目成仇。

即使如此，四个人现在还是坐在密室里，随着夜色临近，这里渐渐变冷，而矮腿猎犬皮埃尔则不停地在角落里嗅来嗅去。他们同意由卡尔做一个动时研究，看看如何对购物中心停车场的轮胎实施高效放气，派艾蒂安继续努力去帮格罗佛设计的巨型钠弹弹弓寻找零件，由蒂姆负责在每次斯巴达克斯行动演习之前多进行几次热身演练，以加拿大皇家空军的计划为基础。格罗佛为他们配备了他们觉得必要的人手，最后就散会了。他们鱼贯而出，再次接受了房子里那些阴影、回音和可怕之物的挑战。出来时，外面的雨还没停，他们又重新登上了“S.S. 里克号”。

他们将船一直划到了州高速公路的涵洞下面，然后穿过涵洞，绕过一片沼泽地，来到法佐的庄稼地，检查演习场地。接着，他们去一个被命名为“福克斯特洛特”的地点，那边有一段铁轨，他们就蹲在光秃秃的唐棣树丛中（这里的野果子在年初就被他们吃掉了），然后把石头扔到铁轨上，以观察抛射的角度。但是他们看不到什么，因为天几乎全黑了。于是，他们沿着轨道往回走，接近明格巴罗车站时，改道进了城。他们有点累了，就在一个空柜台前坐成一排，点了四杯加水的柠檬汁。“四杯？”冷饮机后面的女士问道。“四杯。”格罗佛说。和平常一样，她用一种奇怪的眼神看了他们一眼。他们在旋转货架的旁边待了一会，翻了翻漫画书；然后，冒着愈发细密的雨，他们送卡尔回家。

还没到巴灵顿街区，他们就感觉有什么不对劲。两辆轿车和一辆收垃圾的皮卡从那个方向飞驰过来，雨刷器猛烈地摇晃着，车轮溅起的水帘一直泼到孩子们身上，虽然他们已经跳上了草坪。蒂姆看着卡尔，但卡尔一言不发。

当他们到达卡尔家时，发现屋前草坪上扔满了垃圾。他们愣愣地站了会儿；然后，仿佛受什么的驱使，他们开始在垃圾里踢来踢去，想找出点线索来。草地上的垃圾深得没到小腿，有规律地一直堆到宅基线。他们肯定是用卡车运过来的。蒂姆发现了熟悉的 A&P 购物袋，他妈妈总带这种袋子回家，还发现了一些大黄橙的果皮，这是一个姑姑从佛罗里达捎来的礼物，还有蒂姆自己两天之前买的菠萝雪葩的纸盒子，那些用完即扔的隐私之物，他全家前一周生活的投影，收信人为他父母的皱皱巴巴的信封，他父亲晚饭后喜欢抽的黑色德诺比利雪茄的烟屁股，一些被压扁的啤酒罐，在“啤酒”这个单词的两个“e”中间掰弯，这正是他父亲的做法，还教过他该怎么做——十平方的铁证。格罗佛到处找纸看，把东西翻来翻去，发现自己的垃圾也在那里。“还有斯洛索普和莫斯特里斯家的，”艾蒂安报告说，“我猜还有很多来自这个小区的居民。”

他们捡了大约五分钟的垃圾，把它们扔进车棚边找到的桶里，这时大门开了，巴灵顿夫人冲他们喊了起来。

“可我们在清垃圾啊，”蒂姆说，“我们是和你们一边的。”

“我们不需要你们的帮助，”女人说，“我们不需要你们站在我们这边。我在生命中的每一天都感谢仁慈的主，幸亏我们没有孩子会被你们这些垃圾所玷污。现在请离开，现在就走。”她开始哭了起来。

蒂姆耸耸肩，将他拿着的一个橘子皮扔掉。他本想拿一个啤酒罐去找他父亲对质，但想到这样做只会让自己挨一顿狠揍，就只能作罢了。三人缓缓离开，不时还回头看看这个女人，她一直站在门口。他们走了两个街区，这时才发现卡尔还跟着他们。

“她说的是气话，”他说，“她就是——你们懂的——疯了。”

“是啊。”蒂姆和格罗佛说。

“我不知道——”这个男孩现在几乎要隐没在雨中了，他回指着房子的方向，“我现在该不该进屋呢。我该怎么办？”格罗佛、蒂姆和艾蒂安相互看了看。

作为发言人，格罗佛说：“你要不躲一阵子吧？”

“好的。”卡尔说。他们一直走到购物中心，穿过那个黑漆漆的停车场，那里反射出水银蒸汽般的绿光，还有红色的超市招牌，蓝色的加油站牌子，以及很多黄色的灯光。他们行走在这些色彩中，行走在宽阔黑暗的人行道上，仿佛这道路一直延伸到山上。

“我猜我要——你们懂的——去山上的密室了，”卡尔说，“去于尔约国王的地方。”

“晚上去？”艾蒂安说，“那个各各他[121]军官怎么办？”

“骑兵。”格罗佛说。

“他不会找我麻烦的，”卡尔说，“你们懂的。”

“我们懂。”蒂姆说。他们当然懂：卡尔说的每句话他们都懂。必须得是这样：大人们（如果他们知道的话）称他这种人为“想象中的玩伴”。他说的话，就是孩子们自己的话；也包括他的动作，他做的鬼脸，他哭的样子，他投篮的方式；这一切都被他们加以夸张和美化，而这正是他们期待能长成的样子。卡尔由一些词句、图像和可能之物拼合而成，这些东西不知为何被大人们弃如草履，遗留在城市边缘，仿佛它们是艾蒂安父亲垃圾场里的汽车零件——那些他们本可以留下却不愿意留下的东西，而孩子们却愿意花很多时间在它们身上，对之进行拼装、重组、喂食、编程和提纯。他完全属于他们，他是他们的朋友和机器人，他们珍爱他，为他买喝不掉的苏打水，派他去冒险，或者最终像现在这样，将他从眼前驱逐。

“如果我愿意的话，”卡尔说，“可能会在那边待上一阵子。”其他人点点头。然后卡尔离开了他们，小跑着穿过停车场，头也不回地挥了挥手。当他消失在雨中时，三个孩子将手放进口袋里，朝格罗佛家走去。

“格罗佛，”艾蒂安说，“我们还是融合的吗？如果他不回来怎么办？要是他扒货车走了怎么办？”

“问你爸爸，”格罗佛说，“我什么也不知道。”艾蒂安捧起一把湿树叶，将它们塞进格罗佛的后背。格罗佛朝他踢水，但却没踢准，反而弄到蒂姆身上。蒂姆跳起来，晃动树枝，让格罗佛和艾蒂安淋了个澡。艾蒂安想把蒂姆推到格罗佛身上，因为后者已经倒在了地上，但蒂姆抓住格罗佛，把他脸按到了泥巴里。他们就这样离开了商场的灯光，离开了卡尔·巴灵顿，把他遗弃给了那片古老土地上其他羸弱的鬼魂，以及那处岌岌可危的庇护所；他们嬉闹着回到夜雨里，最终每人都会返家，洗个热水澡，用干浴巾擦身，睡前看一会电视，和家人晚安吻别，然后回到永远不可能再彻底安稳的梦里。

译　注

1 查理·帕克（Charlie Parker，1920—1955），绰号“大鸟”，美国著名的爵士乐萨克斯演奏家、作曲家。

2 克利福德·布朗（Clifford Brown，1930—1956），美国爵士乐号手。

3 阿尔奇·邦克是1970年代美国一部热播情景喜剧《全家福》（*All in the Family*）的主人公。

4 “卷须”原文为tendrils，指某些植物用来缠绕或附着其他物体的器官。

5 威利·萨顿（Willie Sutton，1901—1980），美国历史上著名的银行劫匪。

6 约翰·布肯（John Buchan，1875—1940），苏格兰小说家和政治家，曾任加拿大总督。

7 哔哔鸟和歪心狼是华纳公司两个经典的卡通形象，后者总是千方百计想抓到前者。

8 “泼潘提恩”原文为Porpentine，在小说中为人名。“豪猪”原文为porcupine，古体拼写为porpentine。

9 “莫德威尔普”原文为Moldweorp；“鼹鼠”为mole；“伍尔摩”为Wormold。

10 弗兰克·扎帕（Frank Zappa，1940—1993），美国作曲家、创作歌手。

11 “鸟园”（Birdland），美国著名的爵士乐俱乐部，1949年在纽约百老汇开张，1965年停业；莱斯特·扬为美国爵士乐传奇人物、次中音萨克斯演奏家；格里·马利根为上低音萨克斯管演奏家。

12 “防御行进步”（stockade shuffle），军队俚语，指的是士兵一种特殊的单腿半步向前的无目标行进方式。

13 波旁大街（Bourbon St.），位于新奥尔良市老城区中心，此处的酒吧和脱衣舞夜总会尤为著名。

14 圣伯纳德中学，美国一所著名的天主教教会预科学校，男女同校。

15 原文“I’m called Little Buttercup”是吉尔伯特和萨利文合作的喜剧歌剧《皮纳福号军舰》中最著名的一首歌，而小金凤花（Little Buttercup）是剧中的一个女性角色。这部歌剧讲述的是船长女儿约瑟芬爱上了船上普通水手的故事。

16 《女大学生贝蒂》(*Betty Co-ed*)，1930 年由鲁迪·瓦利所唱的流行歌曲。

17 “怒 -10”(Angry Ten)指前文提到过的 AN/GRC-10 型号的军用通信设备。

18 此处莱文打趣女孩的口音，让她读“out”的音，结果她发成了“oot”。参见品钦在本书“自序”中对这个话题的补充说明。

19 《美开乐》(*McCall's*)，美国著名的妇女杂志。

20 帕西法厄(Pasiphaë)，希腊神话中克里特国王弥诺斯的妻子，与公牛生下牛头人身的怪物弥诺陶洛斯，弥诺陶洛斯被囚禁在迷宫里，后被忒修斯杀死。

21 原文是“In the midst of great death ... the little death”。“小死亡”是法语的说法，即 la petite mort，指经历如死亡般的性高潮。

22 维瓦尔第(Antonio Lucio Vivaldi，1678—1741)，意大利作曲家，小提琴演奏家，也是一名神父。最著名的作品为《四季》。

23 牧师密室，历史上，英国改新教为国教之后，天主教徒受到了迫害，所以会在住处或教堂修建这种藏身之所。

24 诺埃尔·考沃德(Noël Coward，1899—1973)，英国演员、剧作家和流行音乐作曲家。

25 “鬼小孩”(elf child)，传说中被仙女偷换后留下的又丑又蠢的怪孩子。

26 彼埃·蒙德里安(Piet Mondrian，1872—1944)，荷兰画家，以抽象几何图案为绘画基本元素。

27 诺福克位于弗吉尼亚东南部，美国太平洋舰队的总部所在地。

28 这首歌源自一首著名的古代水手歌谣《金色梳妆台》(*The Golden Vanity*)，最早见于 1635 年。历来有不同的版本，歌词略有不同，歌中提到的“低地之海”常有海盗出没。

29 鲁比·基勒(Ruby Keeler，1910—1993)，美国著名女演员，生于加拿大，曾出演过音乐剧《四十二街》。

30 杰克·沙基(Jack Sharkey，1902—1994)，美国重量级拳王。

31 “疾旋风”(Whirlaway), 美国赛马史上一匹具有传奇色彩的冠军马, 生于 1938 年, 卒于 1953 年。

32 劳伦·白考尔 (Lauren Bacall, 1924—2014), 美国著名的电影和戏剧女演员, 曾获第 82 届奥斯卡终身成就奖。

33 此处指的是量子力学中维尔纳·海森堡提出的测不准原理, 即粒子的动量和位置不可能同时被准确测量。

34 尼莉莎 (Nerissa), 在拉丁语中是“大海的女儿”之意。

35 海辛瑟斯 (Hyacinth), 希腊神话中的植物之神, 宙斯的外孙, 外形俊美, 被阿波罗的铁饼击中死去, 变成了风信子。

36 “海上岬角”(spit in the ocean), 暗扑克的一种玩法。

37 这里指的是音箱的推动功率。

38 《基辅的英雄之门》, 俄国作曲家穆捷斯特·彼得洛维奇·穆索尔斯基著名的钢琴套曲《图画展览会》的最后一部分。

39 萨拉·沃恩 (Sarah Vaughan, 1924—1990), 美国著名爵士乐女歌手,《今年的春天要来得晚一些》(*Spring Will Be A Little Late This Year*) 是她的一首著名歌曲。

40 “维尔茨堡”(Würtzburger), 一种德国黄啤酒的品牌。

41 《莉莉玛莲》(*Lili Marlene*), 第二次世界大战期间在双方阵营都非常流行的一首德语歌曲。

42 《西格玛·奇的甜心》(*The Sweetheart of Sigma Chi*), 西格玛·奇兄弟会的会歌, 写于 1911 年。西格玛·奇兄弟会是美国大学中规模最大的兄弟会, 成立于 1855 年。

43 亨利·卢梭 (Henri Rousseau, 1844—1901), 法国后印象派画家, 20 世纪超现实主义艺术先驱, 也常被称为“原始主义”画家, 画作多表现富有幻想色彩的热带丛林和野兽。

44 动态雕塑, 一种由经仔细设计达到平衡的部件组成的雕塑, 气流通过时部件会运动。

45　指越南人，安南为越南东部一地区的旧称。

46　“狗毛”（hair of the dog），俚语，指的是用来醒酒的酒精饮料。按照民间说法，如果被狗咬了，把狗毛放在伤口就能治愈。这大概相当于一种顺势疗法，有人相信为了缓解宿醉的不适，可以再多喝些酒。这种说法并无科学依据。

47　厄尔·波斯蒂克（Earl Bostic, 1912—1965），美国爵士和节奏布鲁斯音乐家。

48　匈牙利语，译为英文是“little horse-prick in your asshole”，意思相当于“滚蛋”。

49　意大利语，出自莫扎特谱曲的著名歌剧《唐璜》的一首低音咏叹调，剧中主要人物是西班牙传奇浪子唐璜，其歌词作者是洛伦佐·达·彭特。这句话的意思是:“假如她穿了裙子，你就知道他做了什么。”（“If she wears a skirt, you know what he does.”）

50　约瑟亚·威纳德·吉布斯（Josiah Willard Gibbs, 1839—1903），美国物理化学家，化学热力学和统计力学的先驱，但其理论研究直至死后才得到重视。

51　路德维希· 玻尔兹曼（Ludwig Boltzmann，1844—1906），奥地利物理学家，热力学和统计物理学的奠基人之一，他提出了著名的玻尔兹曼熵公式。

52　“德性与时运”，马基雅维里提出的“fortune or virtue”概念。

53　萨尔·米涅奥（Sal Mineo, 1939—1976），好莱坞著名男演员。

54　里基·纳尔逊（Ricky Nelson, 1940—1985），美国 1950 年代著名的摇滚歌手。

55　英文是 Multi-unit factorial field electronic tabulator。

56　橡树岭国家实验室，美国能源部所属的一个大型国家实验室，成立于 1943 年，最初为美国曼哈顿计划的一部分，以生产和分离铀和钚为主要目的，原称克林顿实验室。

57　《圣殿》，福克纳发表于 1931 年的一部小说，也是他第一部畅销作品。

58　《夜森林》，美国现代主义女作家朱娜·巴恩斯写于 1930 年代的一部同性恋题材小说。

59　伊戈尔·菲德洛维奇·斯特拉文斯基（Igor Fedorovitch Stravinsky, 1882—1971），

俄国著名作曲家，20 世纪音乐史上的传奇人物。《士兵的故事》创作于 1918 年，是一部“为了舞蹈、表演和朗诵”的作品。

60 帕斯尚尔，德国和英国在 1917 年第一次世界大战期间发生的一次重大战役所在地。

61 第一次世界大战期间，马恩河谷发生了两次重要会战，第一次为 1914 年 9 月，第二次为 1918 年 7 月，两次战役伤亡惨重，德军战败。

62 法语，意思是“我的情人们”。

63 格里·马利根（Gerry Mulligan, 1927—1996），美国爵士乐萨克斯管吹奏者、作曲家和编曲家。

64 原文是“I'll remember April”，这是一个双关语，因为这里提到的格里·马利根演奏过这首曲子。

65 《出售爱情》（*Love for Sale*），1930 年在百老汇首演的音乐剧《纽约人》中的一首歌曲，以妓女的视角谈论各种可以出售的爱情，除了真爱之外。

66 切特·贝克（Chet Baker, 1923—1988），与马利根搭档的号手，他们组成的四重奏乐队在 1950 年代初极负盛名。

67 查尔斯·明格斯（Charles Mingus，1922—1979），美国爵士乐低音提琴家、作曲家，1940 年代爵士乐先驱人物，试验了无调性，并受福音和布鲁斯音乐影响，乐曲作品有《再见了，馅饼帽》。

68 约翰·刘易斯（John Lewis, 1920—2001），美国 1950 和 1960 年代首屈一指的爵士乐作曲家、钢琴家。

69 基瓦尼斯俱乐部，北美工商业人士组成的团体，为维护商业道德而组建，是一个社会慈善组织。

70 1905 年，保罗·哈里斯创办第一个扶轮社，此后发展为全球性的慈善社团，其成员需来自不同职业，各社区的扶轮社每周举办聚会。

71 《那些愚蠢的东西》是与马利根搭档的号手切特·贝克演奏的一首著名冷爵士歌曲。

72 Minghe morte 是意大利南方的一句脏话，相当于英文中说“Your dick is dead”，骂人性无能。

73 1950 年代美国海军的歌谣，完整的歌词是“Let’s all go down and piss on the Forrestal；Till the damn thing floats away”。詹姆斯·福莱斯特（James Forrestal）曾担任美国国防部长，后来以他的名字命名了美国“福莱斯特”航母。这句歌词在品钦小说《V.》中也出现过。

74 原文为法语中的 trois 和意大利语中的 sette。

75 喀土穆（Khartum），旧时苏丹王国的首都。1883 年冬，马赫迪率领起义军逼近并包围了该城市，最后逼迫守城的英军投降。

76 奥地利劳埃德（Austrian Lloyd），一家成立于 1833 年的奥地利帝国船务公司，后改名为意大利邮船公司。

77 的里雅斯特（Trieste），意大利东北部的港口城市。

78 译为英语是“Bring me a cup of coffee with sugar, boy”，意为“小伙子，给我来杯加糖的咖啡”。

79 托马斯·库克（Thomas Cook, 1808—1892），19 世纪一家著名的欧洲旅游公司的创始人，该公司提供尼罗河豪华客轮游。

80 卢克索（Luxor），埃及南部城市，曾是古代底比斯王国所在地。

81 埃及货币单位，1 埃及镑 =100 皮阿斯特 =1000 米利姆。

82 西洋跳棋的棋子是在黑格里斜着走，并只能向前，直到抵达对方底线后变成王，所以处于对角线后方的棋子将成为王的先机让给了前面的棋子，故有尊敬一说。

83 自我主导（self-agency），心理学术语，主导感（sense of agency）指自己能够主导自己的行为，精神分裂症患者的主导感会存在异常。

84 赫伯特·基奇纳（Herbert Kitchener, 1850—1916），英国军事家、政治家，1892 年被任命为埃及军队总司令，率军攻打被马赫迪攻占的苏丹。

85 让–巴蒂斯特·马尔尚（Jean-Baptiste Marchand, 1863—1934），法国军官和探险家，曾带领法国远征军到达尼罗河河谷，试图占领法绍达，并在 1898 年与同样要求占领此地的英国司令基奇纳对峙。最后，法国因为兵力不足而放弃了法绍达。史称“法绍达事件”。

86 巴麦尊爵士（Lord Palmerston, 1784—1865），英国政治家，两度担任英国首相。

87 德兰士瓦（Transvaal），南非北部的一个地区，原属于独立的南非共和国，由南非布尔人成立于 1852 年，在 1899—1902 年英布战争之后，该地区的大部分土地沦为英国殖民地。1910 年成为南非联邦的一个省。

88 管风琴属于气鸣乐器，常见于巴洛克式教堂中，体积庞大，音量宏大，音色饱满，适合在庄严氛围中演奏神圣的宗教音乐。早期演奏管风琴需要两人，一个演奏，一个鼓风（常由教堂信徒中的小男孩来担任）。

89 詹姆森袭击事件（1895 年 12 月—1896 年 1 月），由英国殖民者 L.S. 詹姆森领导的入侵德兰士瓦事件，意图推翻保罗 · 克鲁格领导的南非共和国，以失败告终，但成了第二次布尔战争的导火索。事件的幕后策划人是英国殖民者塞西尔 · 罗兹与阿尔弗雷德・拜特。

90 斯皮舍朗（Spicheren），位于法国摩泽尔省的一个市镇。

91 英格兰东部的拉德维克（Lardwick-in-the-Fen），英国约克郡的地名。后出现在品钦小说《V.》中。

92 此处将维多利亚比喻成花朵，涉及“玫瑰之下”的主题意义。Under the rose 在拉丁文中是 sub rosa，意思是“隐秘、秘密”。玫瑰的这种象征意义，可以追溯到古希腊神话中阿佛洛狄忒送给爱神厄洛斯的玫瑰，厄洛斯后来将玫瑰转送给了沉寂之神哈伯克拉底（Harpocrates）。这个神又源自古埃及的荷鲁斯神（荷鲁斯神有时被绘为一个赤裸青年人用手指放在嘴前，它本意是“儿童”之意，但被古希腊人、古罗马人误以为是“沉默”）。

93 赫里奥波里斯（Heliopolis），古埃及城市，下埃及第十五省省会，是古埃及除了底比斯和孟菲斯之外最重要的城市，有很多宗教建筑。

94 荷鲁斯（Horus），古埃及的太阳神，古埃及文明中最重要的神，有混杂的源头和不同的表现形式，常见的是鹰隼或鹰头人身，其象征是玫瑰。

95 朱塞佩・克里莫尼尼（Giuseppe Cremonini, 1866—1903），意大利歌剧男高音，参加了 1893 年普契尼歌剧《曼侬・莱斯科》的首演，饰演格里厄骑士。

96 普契尼歌剧《曼侬·莱斯科》第一幕的场景所在地，是格里厄第一次遇到曼侬的地方。

97 科普特人，古埃及人的后裔。

98 此处“邻邦”原文为法语（voisin），暗示此饭店可能为英国此时的敌人法国所控制。

99 朴特（the Porte），指的是奥斯曼帝国的中央政府所在地，标志性建筑是一座大门。

100 达曼胡尔（Damanhur），下埃及的城市，也是布海拉省的首府，位于开罗西北160公里的尼罗河三角洲。

101 距罗塞塔河口约13公里处有古城罗塞塔（Rosetta），亦称拉希德，埃及的海港都市，位于尼罗河三角洲西北部。意大利、法语中意为“小玫瑰”。

102 里昂银行（Credit Lyonnais），前文中被错拼的第一个词前三个字母与Credit相同，而第二个词“洋葱片”少写e则为里昂之意，Lyonnais指历史上的“里昂行省”。

103 《塔—拉—拉—布姆—迪—埃》，著名的轻歌舞剧歌曲，首次公开演出是在1891年的政治讽刺剧《燕尾服》中。

104 这两句出自《曼侬·莱斯科》最著名的咏叹调《我从未见过如此美丽的女人》，意思是“对她说我爱你，我的灵魂在新的生命中醒来”。

105 波克夏（Berkshire），美国马萨诸塞州西部的一个县，最大的城市是皮茨菲尔德，以波克夏山而闻名。此处叫“波克夏”的小镇和所在的明格巴罗县是品钦的杜撰。

106 “汤姆·斯威夫特”系列丛书是美国著名的青少年科幻冒险书系，1910年首次出版，总共有百余册，作者都署名为“维克托·阿普尔顿”。

107 阿尔夫·兰登（Alf Landon，1887—1987），美国政治家、银行家、共和党总统候选人，在1936年大选中输给了富兰克林·D. 罗斯福。

108 路德维希·密斯·凡德罗（Ludwig Mies van der Rohe, 1886—1969），德国建筑大

师，文中的椅子是他最先设计的，也叫巴塞罗那椅。

109 格罗佛的昵称。

110 亥维赛层，地球上电离空气的中层，区内的无线电反射波可以影响长途通信。

111 “疯女苏·敦汉姆”（Crazy Sue Dunham），波克夏的一个真实人物，品钦此处参考了1939年出版的一本关于波克夏历史文化风貌的书《波克夏山》（*The Berkshire Hills*, Funk & Wagnalls Company, New York, 1939, p.256）。

112 英语中“种族”和“竞赛”都是race一词。

113 蒂姆搞不清“公墓”（cemetery）和“对称”（symmetry）这两个词的区别。

114 这两个词分别为abattoir和Armageddon。

115 杰·古尔德（Jay Gould, 1836—1892），美国著名的铁路开发商和投资者，极其富有，但在美国商业史上臭名昭著。

116 科伦芭茵（Columbine），这个角色原为意大利即兴喜剧中的定型角色，在英国喜剧中，她通常是潘塔隆内的女儿，并与丑角哈勒昆相爱。

117 波尔克营，美国在路易斯安那州的军队驻扎地，赴海外作战的士兵一般在这里接受训练。

118 漏水杯，一种恶作剧玩具，喝水时水会滴漏出来。

119 黑人杂耍剧（Minstrel），一种在美国19世纪非常流行的由白人来扮演黑人的节目，有种族主义色彩。

120 “融合”（integration）在数学上是“积分”的意思，与“微分”（differentiation）相反。

121 各各他（Calvary），《圣经》中耶稣受难的小山，这个单词和“骑兵”（cavalry）拼写相似。

图书在版编目（CIP）数据
慢慢学／（美）托马斯·品钦（Thomas Pynchon）著；但汉松译．—南京：译林出版社，2018.1
书名原文：Slow Learner
ISBN 978-7-5447-6758-3

Ⅰ.①慢… Ⅱ.①托… ②但… Ⅲ.①短篇小说－小说集－美国－现代 Ⅳ.①I712.45

中国版本图书馆CIP数据核字（2016）第287115号

著作权合同登记号　图字：10-2017-512号

慢慢学　［美国］托马斯·品钦／著　但汉松／译

责任编辑　王　维
装帧设计　@broussaille私制
校　　对　叶显艳
责任印制　颜　亮

原文出版　Little, Brown, 1984
出版发行　译林出版社
地　　址　南京市湖南路1号A楼
邮　　箱　yilin@yilin.com
网　　址　www.yilin.com
市场热线　025-86633278
排　　版　南京展望文化发展有限公司
印　　刷　恒美印务（广州）有限公司
开　　本　880毫米×1230毫米　1/32
印　　张　6.625
插　　页　4
版　　次　2018年1月第1版　2018年1月第1次印刷
书　　号　ISBN 978-7-5447-6758-3
定　　价　45.00元